A la merci du milliardaire russe

DANI COLLINS

A la merci du milliardaire russe

Azur

HARLEQUIN

Collection : Azur

Cet ouvrage a été publié en langue anglaise
sous le titre :
THE RUSSIAN'S ACQUISITION

Traduction française de
FREDERIQUE LALLEMENT

HARLEQUIN
83-85, boulevard Vincent-Auriol, 75646 PARIS CEDEX 13
Service Lectrices — Tél. : 01 45 82 47 47

www.harlequin.fr

ISBN 978-2-2803-2830-2 — ISSN 0993-4448

1.

J'aimerais tant me réveiller à côté de toi.

Claire Daniels lut le message en se demandant avec mélancolie si un homme lui écrirait un jour des mots aussi romantiques, avant de se souvenir de ce qu'Abby avait subi pendant des mois au nom de ce sentiment qu'on appelle « amour ». *Etre indépendante évite de souffrir*, essaya-t-elle de se convaincre, durement affectée par la perte récente d'un être cher qui n'était pourtant qu'un conseiller et ami.

Elle adressa un sourire à la réceptionniste en lui rendant la carte :

— C'est adorable. Vous vous mariez samedi, n'est-ce pas ?

Abby acquiesça en replaçant la carte dans l'extravagant bouquet que Claire venait d'admirer.

— Je venais de leur expliquer, annonça-t-elle en désignant les employées réunies autour de la machine à café, que j'avais envoyé un SMS à Mike pour lui dire que nous aurions bientôt la chance de nous réveiller chaque jour l'un à côté de l'autre et…

Elle s'interrompit soudain tandis que les autres baissaient les yeux.

— Je suis désolée, Claire.

Cette dernière sentit sa gorge se serrer. Elle ne pouvait

pas répondre : « Ne t'inquiète pas je ne me suis jamais réveillée auprès de lui » ; ni auprès d'aucun homme, d'ailleurs. La clause de confidentialité qu'elle avait signée rendait impossible une telle confession.

Tout le monde croyait pourtant que sa relation avec leur patron, Victor Van Eych, allait au-delà de son rôle d'assistante personnelle. Victor se montrait attentionné avec elle et l'avait même encouragée à créer la fondation dont elle avait toujours rêvé. Laisser croire ce petit mensonge lui avait paru inoffensif, et elle avait ignoré les commérages.

Lorsque la famille de Victor lui avait fait l'affront de lui refuser l'entrée de leur manoir le jour des obsèques, elle s'était réfugiée à l'orphelinat pour faire son deuil et travailler pour sa fondation qui s'occupait d'enfants abandonnés.

En cet instant, elle se sentait plus seule que jamais face aux regards inquisiteurs de ses collègues. En plus du chagrin d'avoir perdu Victor de manière si inattendue, elle sentit le désespoir la gagner. Allait-elle continuer à traverser la vie sans connaître l'amour ?

Les portes de l'ascenseur s'ouvrirent soudain sur un groupe d'hommes dont le dernier, plus grand que les autres et doté d'une musculature que son costume à la coupe parfaite ne parvenait pas à dissimuler, s'avança dans la pièce d'un pas assuré. Claire remarqua tout d'abord la cicatrice qui lui barrait la joue, puis ses cheveux noirs et souples coiffés en arrière et enfin son regard mordoré dont l'expression sévère eut pour effet de disperser les employées qui se hâtèrent vers leurs bureaux respectifs.

Hypnotisée, Claire resta figée, relevant toutefois le menton pour lui montrer qu'il ne l'intimidait pas.

Quand il croisa son regard, le nouvel arrivant laissa

glisser ses yeux sur ses lèvres puis sur son corps moulé dans un tailleur noir.

Se sachant observée, Claire sentit une douce chaleur l'envahir et ses joues s'empourprer. Puis elle l'entendit échanger quelques mots, dans une langue étrangère, avec l'un de ses compagnons, avant de s'éloigner vers le bureau du directeur. Elle eut l'étrange intuition qu'il avait parlé d'elle.

— C'est une délégation russe ? demanda-t-elle en rejoignant Abby qui se pencha d'un air de conspiratrice vers son ordinateur.

— Oui. Ils sont tous là depuis le début de la semaine, sauf cet homme très grand qui vient d'arriver. Personne ne sait ce qui se passe. On espérait que tu pourrais nous renseigner.

— Tu sais bien que je n'étais pas à Londres, lui rappela Claire, mais M. Turner m'avait assuré avant mon départ que tout continuerait comme avant jusqu'à ce que la famille de M. Van Eych ait le temps de s'occuper de ses affaires. Ce sont des avocats ?

Claire était pourtant certaine que cet homme plein d'assurance, donnant l'impression de ne suivre que ses propres lois, n'en était pas un.

— J'imagine que oui, car les nôtres se réunissent avec eux tous les jours.

Abby jeta un rapide coup d'œil alentour avant de se pencher vers Claire.

— Je sais que le décès de M. Van Eych doit être difficile pour t…

— Ne t'inquiète pas, lança Claire avec un sourire léger tout en reculant d'un pas.

Prendre de la distance pour se protéger était devenu un réflexe chez elle, raison pour laquelle elle avait accepté la proposition de Victor : une relation officielle, dénuée de toute intimité, où elle ne courait pas le risque de souffrir. C'est du moins ce qu'elle avait alors pensé.

Toutes les femmes devaient tourner autour de ce Russe, imagina-t-elle, ses pensées revenant vers lui. Elle ne laisserait jamais une telle personne pénétrer dans sa vie. C'était le chagrin d'amour assuré ! Mieux valait l'oublier.

— Je vais voir M. Turner, annonça Claire avec un sourire confiant. Je te tiens au courant si j'apprends quoi que ce soit.

— Je compte sur toi.

Claire s'éloigna, déterminée à oublier le Russe, mais à peine avait-elle posé son sac sur une chaise que M. Turner, livide, fit irruption dans son bureau.

— Que se passe-t-il ? demanda-t-elle, prise d'une peur viscérale.

— Le nouveau propriétaire a demandé à vous voir.

Aleksy Dmitriev décrocha un premier cadre et le jeta dans la corbeille à papier, trouvant moins de plaisir que prévu au bruit sourd qu'il fit en tombant. Van Eych, cette ordure qui avait harcelé son père, avait osé quitter ce monde avant d'affronter sa vengeance et de voir son empire s'écrouler. D'un geste rageur, il jeta deux autres cadres.

Et pour couronner le tout la ravissante blonde qu'il avait croisée dans l'entrée était sa maîtresse !

Une délicate figurine de cristal se brisa sur les cadres.

— Qu'est-ce qui vous prend ?

Aleksy leva la tête, surpris d'éprouver de nouveau un désir violent en voyant la jeune femme.

L'ayant au premier coup d'œil trouvée ravissante avec sa peau délicate, son teint parfait, ses cheveux d'un blond lumineux et ses yeux d'un bleu très clair, il s'était renseigné sur elle.

A présent qu'elle avait ôté sa veste, il apprécia en connaisseur sa taille, ses petits seins ronds moulés dans un cachemire rose ainsi que les courbes harmonieuses de ses hanches.

Un brusque élan de colère calma son désir impétueux. Comment avait-elle pu offrir tout cela à un vieil homme, et surtout celui-là ?

Elle cilla sous son regard insistant mais, rejetant les épaules en arrière, elle redressa le menton ainsi qu'elle l'avait déjà fait dans l'entrée.

— Ces objets ont sans doute une valeur sentimentale pour la famille de M. Van Eych, déclara-t-elle.

Aleksy se tendit, prêt au combat. Cette jeune femme étant liée à Victor Van Eych, il était en droit de la haïr. Il lui adressa un petit sourire méprisant qui étira sa cicatrice, lui donnant, il le savait, un air dangereux. Ce qu'il était, et plus encore.

— N'oubliez pas de fermer la porte en sortant.

La voir hésiter l'irrita car il était habitué à ce qu'on lui obéisse.

— Sachez que je suis déterminé à me débarrasser de tous les trophées de Van Eych, mademoiselle Daniels, y compris vous.

Comprenant qu'il était sérieux, elle tressaillit mais réussit à se diriger d'un pas fier vers la porte qu'elle ferma avant de lui faire face de nouveau.

Voyant qu'elle n'avait pas quitté le bureau, Aleksy éprouva une étrange satisfaction : le combat espéré aurait bien lieu. Qu'aurait-il pu attendre d'autre ? Elle n'était certainement pas prête à renoncer à tous ses avantages.

Une main encore sur la poignée, elle demanda d'une voix assurée :

— Qui êtes-vous ?

Aleksy, malgré lui, admira son arrogance : il avait au moins trouvé une adversaire à sa mesure. D'un geste de défi, il lui tendit alors la main :

— Aleksy Dmitriev…

S'avançant d'un pas hésitant, elle y glissa la sienne. Aleksy la trouva fraîche et douce et ne put s'empêcher de fantasmer, l'imaginant aussitôt se poser sur son ventre et descendre lentement vers son membre brûlant.

Sa réaction le stupéfia car il ne laissait jamais le sexe accaparer ses pensées, surtout avec une femme pour qui il ne pouvait éprouver que du mépris. Il ressentait pourtant une attirance si forte pour elle qu'il referma ses doigts autour des siens, se retenant de passer un bras autour de sa taille et de la plaquer contre lui, en particulier lorsqu'il la sentit frissonner à son contact.

Elle avait beau avoir l'air déconcertée et troublée, elle avait couché avec un homme assez âgé pour être son grand-père. Ce petit cinéma devait être son comportement habituel. Bien que cela le révulse, il n'y était pas insensible et n'avait qu'une envie : l'allonger sur son bureau et la caresser jusqu'à ce qu'elle demande grâce et qu'ils assouvissent leur désir.

Il la voulait mais elle s'était déjà donnée à son ennemi : la déception avait un goût amer.

Lorsque Aleksy retira sa main, Claire ramena la sienne contre elle, une sensation de chaleur et de force encore imprimée dans sa paume. Elle s'en voulut de réagir au pouvoir de séduction et à l'énergie virile de cet homme qui avait l'intention de se débarrasser d'elle.

Elle réussit cependant à se ressaisir avant de l'attaquer de front :

— De quel droit pouvez-vous me renvoyer, monsieur Dmitriev ?

— Il n'y a plus de place pour vous ici.

Le mépris contenu dans ses propos ne laissait aucun doute sur la nature supposée de son travail.

— Je suis la secrétaire personnelle du président. J'imagine que si vous avez racheté l'entreprise, vous allez occuper ses fonctions.

— Oui, mais pour ce qui vous concerne, je n'ai que faire des restes de mon prédécesseur.

— Epargnez-moi votre grossièreté !

Le petit sourire suffisant d'Aleksy, qui semblait s'amuser de son affront, déclencha sa colère.

— Mon travail est bien réel, insista-t-elle, je suis en charge des dossiers concernant…

L'entendant soupirer, elle s'interrompit, soudain inquiète pour son propre projet. La fondation ne commencerait à fonctionner réellement que dans un mois. Pas plus tard que la semaine précédente elle s'était rendu compte de la vétusté des bâtiments de l'orphelinat dans lequel elle avait grandi : le centre avait plus que jamais besoin d'une source de financement fiable.

« Claire, tu te sens bien ? Tu es plus calme que d'habitude », lui avait demandé Mme Downings quelques jours auparavant en la trouvant perchée sur une échelle, occupée à peindre la cage d'escalier. Elles s'étaient assises sur les marches, et Claire n'avait pu s'empêcher de se confier à la directrice qui lui avait alors passé un bras autour des épaules. La jeune femme, avide de réconfort, avait pour une fois accepté cette familiarité.

Elle était rentrée à Londres plus déterminée que jamais à faire démarrer la fondation au plus tôt afin de soutenir des personnes telles que Mme Downings, qui devaient continuer d'accueillir des enfants en souffrance.

— Vous cessez toute activité ? demanda Claire, en proie à une panique à peine voilée.

— Mes projets sont confidentiels.

— Vous ne pouvez pas faire cela ! s'écria-t-elle en pensant également aux centaines de clients qui leur avaient confié leurs investissements.

— J'ai parfaitement le droit de vous licencier, répliqua-t-il avec une calme assurance.

— Pour quel motif ?

— Vous ne vous êtes pas présentée à votre travail la semaine dernière.

— J'avais posé des congés et ne pouvais pas prévoir que mon employeur décéderait juste avant mon départ.

Elle serait d'ailleurs restée si la famille de Victor n'avait pas eu une attitude si blessante à son égard ou si elle avait pu se rendre utile.

— De toute évidence vos vacances étaient plus importantes que votre travail.

Le grand nettoyage annuel de l'orphelinat ainsi que les multiples réparations nécessaires ne ressemblaient en rien à des vacances, mais cela ne le regardait pas.

— J'ai proposé d'annuler mes congés, protesta-t-elle, mais le vice-président a estimé que ce n'était pas nécessaire.

Prise de doute, elle demanda :

— Aurais-je conservé mon poste si j'étais restée ?

— Non, répondit-il sans même se donner la peine de se justifier.

Cet homme était vraiment détestable ! Son antipathie visible à son égard la blessait, car elle s'efforçait toujours d'être aimable. Qu'il la licencie sans même lui donner une chance la révoltait.

— M. Turner m'avait assuré avant mon départ qu'il me trouverait un autre poste. Cela fait presque trois ans que je suis ici.

Elle avait réussi à conserver un ton poli et digne pour masquer son angoisse.

— M. Turner n'est pas propriétaire de la compagnie. C'est moi qui prends les décisions.

— Il s'agit là d'un licenciement abusif… à moins que vous ne soyez disposé à me verser une compensation ?

Consciente de ses faibles qualifications, elle s'en voulut d'espérer. L'idée de devoir de nouveau accepter des petits boulots précaires lui serra la gorge. Ce travail avait été son premier pas vers la sécurité.

— Nous savons tous deux que vous avez bénéficié suffisamment longtemps de *compensations* particulières, mademoiselle Daniels.

— Arrêtez de parler comme si j'étais…

— Quoi ? l'interrompit-il d'un ton mordant. La maîtresse de Victor Van Eych ? Arrêtez de vous comporter comme si vous ne l'étiez pas !

Il regagna son bureau en quelques grandes enjambées, ouvrit un dossier et en sortit une feuille qu'il brandit devant elle.

— Vous occupiez un poste de direction alors que vous avez une formation de simple secrétaire.

Il agita ensuite une deuxième feuille :

— Vous touchez un salaire supérieur à celui de son assistante, mais vous consacrez votre temps à des « projets spéciaux », au détriment de la compagnie.

Puis, avec un petit rire, il sortit un troisième feuillet :

— Vous disposez qui plus est d'un appartement de fonction…

— Non, j'habite dans l'aile de service en échange de l'arrosage des plantes ! se défendit-elle.

— L'employée de maison aurait très bien pu s'en charger en plus du ménage. Vous êtes un parasite, mademoiselle Daniels, et vous avez vingt-quatre heures pour quitter les lieux !

Un parasite, elle qui faisait tout son possible pour rembourser sa dette envers la société ! Bien sûr, Victor lui avait offert un travail en or, mais elle avait toujours veillé à ne pas abuser de sa générosité. A présent qu'elle était sur le point de pouvoir aider les autres — chose qu'elle ne faisait pas dans le but d'être reconnue, mais seulement pour venir en aide aux enfants se trouvant dans la même situation qu'elle autrefois —, voilà qu'il la traitait de parasite !

— Et vous, vous êtes injuste et sans cœur…

— Dans ce cas je ne suis pas le seul…

Il attrapa un autre dossier et en sortit une note qu'il lui tendit.

— Saviez-vous avec qui vous couchiez ? Tenez, lisez cela, et nous en reparlerons plus tard.

2.

En entrant dans l'appartement de fonction, Aleksy se persuada qu'il voulait simplement s'assurer que Claire Daniels était partie, bien qu'il eût envisagé avec joie toute opportunité d'une nouvelle joute verbale avec elle. Jusqu'à ce qu'elle lise la note et blêmisse elle avait été…

Il s'exhorta à l'oublier sans pour autant y parvenir. Il avait pour habitude de fréquenter des femmes privilégiant le plaisir physique et l'aisance matérielle, et Claire faisait de toute évidence partie de cette catégorie. Elle lui avait demandé une prime de licenciement, et se la voir refuser avait déclenché en elle une telle colère qu'il l'avait sentie capable de réactions passionnées…

Il mit un brusque terme à ses divagations. Il était là pour prendre possession de l'appartement de la compagnie. Rien de plus.

Découvrant le salon aux meubles modernes et au style épuré avec son sol de marbre recouvert de tapis de soie, il s'étonna de n'y trouver aucune trace de la jeune femme. Il dut cependant reconnaître que les plantes semblaient effectivement bien entretenues.

Il traversa la salle à manger. Les étagères de la cuisine et de l'office ne contenaient que le strict minimum. Dans la chambre principale, la couette blanche sur le lit était parfaitement tendue. Claire Daniels avait de toute évidence quitté les lieux, et on aurait même pu croire qu'elle n'avait jamais vécu là.

Comment pourrait-il donc la…

Le son faible d'une voix féminine lui parvint soudain à travers une cloison. Il ouvrit une porte donnant sur une buanderie, qu'il traversa avant d'emprunter un couloir passant devant une minuscule cuisine où flottait une odeur de pain grillé. Il déboucha dans un petit salon au canapé recouvert de coussins colorés et d'une pile de courrier. Claire Daniels se tenait au centre de la pièce, lui tournant le dos, en pleine conversation téléphonique. En apercevant son petit derrière rond et ses jambes fines moulées dans un pantalon de yoga, il sentit une vague de chaleur l'envahir et les battements de son cœur s'accélérer. Bien que furieux de la trouver dans l'appartement, il se contenta d'afficher un sourire impassible.

Au même instant, Claire raccrocha et, se retournant, poussa un cri strident.

Claire porta une main à sa bouche en reconnaissant Aleksy qui, malgré son sourire, avait un air menaçant. Même si elle l'avait attendu, son intrusion l'exaspéra.

Laissant retomber sa main, elle lança d'un ton accusateur :

— Vous m'avez fait une peur de tous les diables !

— Cela ne serait pas arrivé si vous étiez partie comme je vous l'avais demandé.

Il s'était débarrassé de sa veste de costume ainsi que de sa cravate, et sa chemise était tendue sur les muscles puissants de sa poitrine. Ses manches relevées découvraient des avant-bras solides.

Fascinée, Claire le regarda traverser la pièce avec une grâce féline, prise d'un désir subit de sentir son corps sous ses mains. Se sachant capable en temps normal d'admirer de beaux abdominaux sans pour autant perdre ses moyens, elle ne comprit pas pourquoi elle réagissait ainsi à la présence de cet homme. Cela ne lui ressemblait pas.

— Je vois que vous avez au moins fait vos valises, lança-t-il en jetant un coup d'œil dans sa chambre.

— Je ne les avais pas encore défaites depuis mon retour.

Malgré son désespoir, elle éprouvait un certain plaisir à le défier et à lui montrer qu'elle ne se pliait pas à sa volonté. Il n'était pas question qu'il devine l'emprise qu'il avait sur elle.

— Cela permet de gagner du temps, n'est-ce pas ? demanda-t-il sur le ton de la plaisanterie.

— Le vôtre ou le mien ? Etes-vous là pour me jeter dehors ?

Bien qu'il ne soit pas encore 17 heures, Claire sentait la pression monter. Elle avait appelé quelques hôtels, tous complets, mais avait surtout passé du temps à essayer de trouver une solution pour la fondation. Elle se savait capable de vivre de peu, mais ne pouvait supporter de laisser tomber des gens à qui elle avait donné un espoir. Les administrateurs de l'orphelinat, déjà fort occupés, n'avaient pas le temps de courir après des fonds. Le Russe n'avait cependant nul besoin de savoir à quel point sa situation était désespérée.

— Pourquoi n'avez-vous pas envoyé le clown qui m'a chassée de mon bureau ?

— Vous voulez parler de Lazlo ?

— Un grand type à la mine renfrognée qui a déclaré être là pour m'aider, me laissant ensuite à peine le temps de rassembler mes affaires personnelles dans un sac.

Claire devait pourtant admettre que ce départ précipité lui avait évité de devoir donner une explication à ses collègues, car ce qu'elle avait lu dans le dossier l'avait perturbée, et elle ne se sentait pas en état d'en discuter. Elle devait d'abord assimiler que Victor, en qui elle avait eu une confiance sans bornes, avait fait bien pis que prendre, du moins en apparence, une jeune maîtresse.

— Je lui demanderai de se montrer plus délicat la prochaine fois, répondit Aleksy.

— Il est là ?

— Non, nous sommes seuls.

Sentant son estomac se serrer, Claire croisa les bras devant elle, affectant une assurance qu'elle ne ressentait guère.

— Je préférerais tout de même avoir affaire à lui en ce moment, car il ne s'introduit pas chez les gens comme un voleur, lui !

Les yeux mordorés d'Aleksy lancèrent un signal d'avertissement.

— J'ai acheté la compagnie et suis chez moi ici. C'est vous qui n'avez aucun droit d'y être.

— C'est un avantage qui allait avec mon poste !

— Une garçonnière, vous voulez dire, que la compagnie ne paiera plus.

Il s'agissait donc d'argent ! Elle s'en était doutée. Découvrir, après le rachat de la compagnie, que Victor en avait falsifié les comptes et qu'elle valait beaucoup moins qu'il ne l'avait escompté faisait certainement enrager Aleksy, mais il n'avait pas à passer sa mauvaise humeur sur elle. Ils étaient tous deux victimes de la perfidie de Van Eych.

— Si vous me laissiez conserver mon travail, je pourrais vous payer un loyer, et cet appartement inutilisé générerait un revenu au lieu d'engendrer des dépenses, suggéra-t-elle.

— Depuis combien de temps habitez-vous ici ?

— Un peu plus d'un an.

Il fit le tour du petit salon, observant ses maigres possessions. L'appartement était meublé sommairement. Seuls trônaient sur la cheminée une photo jaunie, ses parents sans doute, ainsi qu'une pipe de bruyère.

— Je suis surpris que vous vous soyez contentée de si peu, avec vos atouts vous auriez pu obtenir beaucoup plus.

Elle aurait dû se sentir offensée mais, sous le regard intense du Russe, son corps la trahit et ses joues se colorèrent. Elle sentit ses seins se tendre et, tandis qu'une douce sensation éclosait haut entre ses cuisses, elle ne put s'empêcher de s'humecter les lèvres.

— Je ne vous donnerai aucune explication. J'ai signé une clause de confidentialité, finit-elle par dire en le regardant droit dans les yeux.

Il avait l'air si menaçant et ne semblait éprouver aucune compassion pour la naïve jeune femme qui avait voulu croire que Victor l'avait remarquée pour son travail. Aleksy Dmitriev la dominait en tout : par sa richesse, son éducation, sa confiance en lui et son expérience de la vie. Lui demander conseil lui coûtait terriblement mais elle n'avait pas le choix.

— Mais en tant que nouveau directeur général, vous êtes peut-être en droit de savoir…

— Dites-moi…

— Ecoutez, n'ayez pas trop d'espoir pour la compagnie. Je n'étais pas au courant de ce qu'il tramait, mais j'en ai assez que vous m'accusiez d'avoir couché avec lui pour gravir les échelons. Victor était impuissant.

S'approchant d'elle, Aleksy la saisit par le menton, l'obligeant à relever la tête.

— Ne me racontez pas d'histoires.

Elle leva une main dans l'intention de se libérer mais il lui attrapa aussitôt le poignet, lui lançant un regard féroce.

— Pourquoi mentirais-je ?

— Parce que vous savez que je ne voudrais pas de vous s'il vous avait touchée.

Abasourdie, Claire essaya de nouveau de se dégager, ce qui poussa Aleksy à resserrer son étreinte.

— Ce n'est pas la seule chose qu'il dissimulait, n'est-ce pas ?

— Je… J'ignorais que Victor cachait autre chose, bégaya-t-elle, luttant contre le désir qui s'était emparé d'elle. Jusqu'à ce matin, j'ai toujours cru qu'il était ce qu'il avait l'air d'être : un homme d'affaires couronné de succès.

Les nerfs à fleur de peau, incapable de détacher son regard du sien, elle se sentit soudain terriblement vulnérable…

— Comment l'avez-vous rencontré ?

— Qui êtes-vous pour m'interroger de la sorte ?

— Répondez-moi.

— Un soir où les bureaux étaient déjà fermés, je finissais de classer une pile de dossiers. Victor s'est approché de moi car il avait besoin d'un renseignement urgent. Satisfait de mon travail, il a dit que j'étais le genre de personne qu'il lui fallait.

— Bien sûr…, dit-il en lui inclinant la tête pour scruter son visage à la lumière faiblissante du jour.

Essayant en vain de réprimer les frissons qui parcouraient son corps, Claire expliqua :

— Je n'ai pas imaginé un seul instant qu'il puisse avoir une arrière-pensée car il était vieux. Quand, après m'avoir invitée quelques fois au restaurant, il m'a dit souhaiter que les gens nous prennent pour un couple, je lui ai dit que cela ne m'intéressait pas. C'est alors qu'il m'a confié être impuissant, et a ajouté que si j'étais capable de garder le secret il me confierait un poste important au sein de la société. Je n'ai pas hésité car j'avais besoin d'argent et j'étais sûre qu'il ne me toucherait pas. A l'inverse de certains hommes…

Aleksy accentua alors la pression et lui caressa le cou du pouce.

Malgré sa remarque, Claire aurait voulu fermer les yeux afin de savourer ce contact doux et rassurant. D'habitude elle évitait tout contact physique avec les autres, elle n'avait jamais réalisé qu'une simple caresse pouvait apporter tendresse et sécurité.

— Vous avez donc accepté tout ce qu'il vous donnait sans rien lui offrir en retour ?

— J'ai joué mon rôle et travaillé pour lui sans jamais rien demander de plus. La promotion et l'augmentation étaient son idée. Par la suite, il a suggéré que j'emménage dans son appartement parce qu'il y donnait parfois des soirées et voulait que les gens pensent que nous formions un couple.

— Pourquoi diable souhaitait-il mentir aux gens ?

— Par orgueil, sans doute. Il était veuf et voulait que je passe pour sa petite amie. Dernièrement, il m'avait chargée de m'occuper des œuvres caritatives de la compagnie.

— Van Eych, aider les moins fortunés ? s'exclama Aleksy en s'éloignant d'elle. Vous mentez !

— Non !

Elle se retourna, et prit un dossier dans son sac.

— Vous n'avez pas entendu parler de la fondation dont je m'occupe car elle ne fonctionne pas encore mais je peux vous montrer…

— Brighter Days ? On dirait un dessin d'enfant, dit-il en jetant un rapide coup d'œil au logo.

— C'en est un ! Brighter Days va, entre autres, offrir des bourses à des orphelins afin qu'ils puissent poursuivre leurs études et devenir indépendants.

Voyant Aleksy se diriger vers la fenêtre, elle remit le dossier dans son sac.

— Je vois, c'est inutile. Vous ne pouvez pas comprendre.

— Qu'en savez-vous ? demanda-t-il en tournant la tête. Je me suis peut-être arrangé pour faire mon chemin dans la vie sans avoir eu la chance de bénéficier de subventions.

Sa voix était soudain devenue étrangement calme.

Croyant déceler dans son regard une lueur douloureuse, Claire se sentit plus proche de lui, comme s'ils avaient partagé certains combats. Il émanait pourtant de lui une telle agressivité qu'elle resta sur la défensive.

— Très bien, sauf que dans mon cas cela m'a donné envie d'aider les autres.

Il éclata d'un rire cynique.

— Qu'est-ce que vous croyez ? Van Eych vous a donné cet appartement, un salaire de cadre et d'autres avantages pour *ça*, assena-t-il en pointant le doigt vers son visage.

Il fit glisser son regard sur son corps mince, puis ajouta :

— Certainement pas, en tout cas, pour un logo représentant un visage d'enfant dessiné sur un soleil. On ne peut pas dire que vous ayez réussi toute seule !

Il se comportait comme si ce logo avait été le seul résultat d'un an de recherche, de travail et de réunions. Elle dut réprimer sa rage afin de ne pas lui fournir une arme qu'il aurait pu retourner contre elle.

— Peu m'importe que vous me croyiez ou non, répliqua-t-elle sèchement, vous êtes de toute évidence un homme sans cœur et cruel. A présent je vous prie d'attendre dans votre appartement pendant que je prépare mes bagages. J'aurai quitté les lieux avant minuit.

*
* *

Aleksy la regarda tourner les talons et entrer dans la chambre, droite et fière, comme pour lui en interdire l'accès. Elle avait réussi, en lui assurant ne pas avoir eu de liaison avec Van Eych, à vaincre le seul obstacle qui le retenait encore.

Van Eych lui avait tout volé : non seulement ses parents et sa maison, mais aussi sa jeunesse, son visage et le droit à une vie normale. Peu importait que Claire ait eu une liaison avec lui ou non, elle était restée à ses côtés pendant tout ce temps, et cela aurait dû suffire pour qu'il décide de l'anéantir au lieu de la désirer.

Aleksy se persuada alors que l'attitude de défi de Claire était à l'origine du désir qu'il éprouvait pour elle. Savoir qu'elle ne serait pas aussi docile que ses conquêtes habituelles rendait plus excitante encore l'idée de la posséder.

Préférant tout de même vérifier les propos de Claire, il envoya un message à Lazlo qui lui répondit sans tarder, confirmant les troubles sexuels de Van Eych. A présent, plus rien ne pouvait l'empêcher de la faire sienne !

Poussant la porte entrouverte, il la regarda entasser des affaires dans une valise posée sur le petit lit. Elle était tout ce qu'aimait le vieil homme : jeune et jolie, angélique, du moins en apparence. Van Eych avait eu des liaisons, même pendant son mariage, aussi n'y avait-il rien de surprenant à ce qu'il ait voulu maintenir l'illusion de sa virilité au cours de ses dernières années. Ne pas pouvoir profiter totalement de son assistante avait cependant dû être une torture pour lui.

Aleksy aurait donné cher pour que son ennemi le voie en cet instant, décidé à obtenir ce que lui n'avait pu avoir !

— Le dossier médical confirme vos propos : Van Eych était impuissant.

— Je vous l'avais dit, rétorqua-t-elle, nerveuse.

— Je voulais m'en assurer car c'est important pour moi.

Victor ne l'avait pas possédée ! Il s'appuya contre le chambranle de la porte, se retenant d'agir avant d'avoir élaboré une tactique. Claire avait réussi à obtenir de Van Eych une situation enviable, il ne devait pas la sous-estimer.

Sentant son corps s'embraser à la simple idée qu'elle serait bientôt à lui, il regarda d'un air possessif ses petits pieds chaussés de ballerines couleur bronze, ses jambes minces mais galbées et la douce courbe de ses hanches. Son pull-over ample l'empêchait de voir si elle portait un soutien-gorge, mais il s'imagina caresser la pointe dressée de ses seins à travers la fine dentelle d'un bustier.

Claire se retourna, le forçant à mettre un terme à sa rêverie. Elle avait sans doute deviné ses pensées car il la vit baisser les yeux et passer une main dans ses cheveux soyeux, sa poitrine se soulevant rapidement.

Elle ne devait pas être du genre à désirer les hommes, qu'elle ne faisait qu'utiliser. Il eut un petit sourire, ravi non seulement d'avoir le dessus mais aussi de voir son adorable petit corps réagir si vivement.

— Allez, osez, lança-t-il, demandez-moi si le fait de partager votre lit pourrait me persuader de vous laisser l'appartement un jour de plus…

3.

Pour une raison obscure, le message matinal d'Abby revint à la mémoire de Claire.

« *J'aimerais tant me réveiller à côté de toi...* »

Même si elle ne s'était jamais autorisée à croire au prince charmant, une douce chaleur s'empara d'elle. Elle avait déjà reçu des propositions, bien que jamais aussi directes, et en avait même considéré certaines. Mais la peur l'avait toujours retenue.

— Vous auriez pu me croire lorsque je vous ai affirmé ne pas avoir couché avec Victor.

— D'accord pour Victor, mais les autres ? Quel âge avez-vous, vingt-cinq ans ?

— Vingt-trois, murmura-t-elle.

Et elle était encore vierge, attendant de rencontrer un homme en qui elle aurait confiance et pour lequel elle éprouverait des sentiments...

Elle savait que le sexe dénué de tout sentiment que lui proposait Aleksy n'aurait pas dû la tenter, mais elle devait admettre que, en dépit de toute raison et de toute prudence, elle se sentait près de succomber à son charme.

Pliant le T-shirt qu'elle portait pour dormir, elle répondit d'un ton glacial.

— Qu'est-ce qui vous permet de penser que j'ai envie de vous ?

— Vous avez réussi à me persuader que vous étiez capable d'honnêteté, Claire. Ne commencez pas à mentir maintenant.

Claire détourna la tête afin qu'il ne voie pas ses joues écarlates.

— Cela vous trouble d'être attirée par autre chose que mon compte en banque ?

— Quel compte en banque ? Je n'ai entendu que la proposition d'une nuit en échange d'un jour supplémentaire ici. Un homme dans votre position peut certainement mieux faire…

Loin de le décontenancer, ses paroles firent naître sur ses lèvres un sourire méprisant.

— Vous voulez l'appartement ?

— Je n'ai pas dit ça !

— Tant mieux parce que la vente se conclut demain.

La perspective de se retrouver à la rue paniqua Claire mais au lieu de laisser paraître son angoisse, elle lança :

— Vous allez vite en besogne.

— Soyez-en certaine…

— Dans ce cas, il est inutile que je vous invite à partager mon petit lit, lança-t-elle d'un ton sarcastique. Quel dommage !

— Je vais vous en procurer un autre… bien plus grand et plus solide.

Claire se mit à trembler, l'idée qu'il puisse prendre sa plaisanterie au sérieux ne l'avait même pas effleurée. Son regard se posant alors sur le col ouvert de sa chemise qui révélait une toison brune, elle imagina un corps parfait aux muscles bien dessinés, des hanches solides et des cuisses…

Grands dieux, elle ne s'était jamais surprise à regarder ainsi l'entrejambe d'un homme ! Détournant aussitôt les yeux, elle rougit de plus belle en l'entendant ricaner.

— Je ne vous connais même pas, balbutia-t-elle.

— Ne vous inquiétez pas, *maya zalataya*. Moi, je sais qui vous êtes. Vous attendez que j'accepte votre prix, alors commençons les négociations, poursuivit-il d'un ton implacable.

— C'est un affront.

— C'est réaliste. Si vous cherchiez l'amour, vous n'auriez pas accepté des largesses d'un vieil homme faisant croire aux autres que vous étiez sa maîtresse. Je n'ai pas besoin de romantisme non plus, mais j'aime avoir une femme dans mon lit.

— Votre charme devrait vous suffire pour en trouver une.

— Il se trouve que je suis seul en ce moment car la reprise de la compagnie a accaparé tout mon temps. A présent, j'évalue mes acquisitions et me prépare à profiter de mon butin.

— Je ne fais pas partie du lot. Je n'avais pas besoin de partager ce lit pour y dormir et je recevais un salaire. Et ne me regardez pas ainsi ! ajouta-t-elle en voyant son sourire moqueur. Victor était prêt à soutenir financièrement la fondation, et…

— Combien ? l'interrompit-il.

— Pardon ?

— Combien était-il disposé à donner afin « d'illuminer votre journée » ? demanda-t-il en faisant allusion au nom de sa fondation.

— Oh !… vous…

Elle serra les dents en lui lançant un regard furieux avant d'annoncer d'une voix très claire :

— Dix.

— Dix millions ? demanda-t-il en haussant les sourcils.

— Dix mille livres sterling, le corrigea-t-elle, interloquée.

Les fonds promis par Victor devraient suffire à

maintenir le foyer ouvert en attendant qu'elle trouve une autre source de financement.

Aleksy sortit son mobile de sa poche.

— Vous vous sous-estimez. Nous allons ajouter un zéro à cette somme et considérer le marché conclu.

Le temps qu'elle comprenne, il avait déjà appelé quelqu'un.

— Daniels, oui. Vous avez ses coordonnées bancaires dans le registre du personnel ? Parfait… Le transfert sera effectif demain matin, annonça-t-il en replaçant son mobile dans sa poche. Approchez, à présent.

Loin d'éprouver de la répulsion, Claire sentit son corps s'embraser. Se rappelant toutefois qu'il pensait avoir un droit sur elle car il venait de l'acheter, elle ne bougea pas, à la fois atterrée, furieuse, mais aussi excitée à la pensée de ce qu'elle allait pouvoir faire à Brighter Days avec cent mille livres sterling !

— C'est…

Elle s'éclaircit la voix afin de dissiper tout malentendu.

— C'est un don très généreux, poursuivit-elle tout en se remettant à plier ses vêtements, de manière plus brouillonne à présent. Je vous enverrai un reçu en bonne et due forme une fois les fonds transférés sur le compte de la fondation.

— Cet argent est à vous, vous pouvez en faire ce que vous voulez. Maintenant, partons dans un endroit plus agréable. J'enverrai quelqu'un finir d'empaqueter vos affaires.

— Le transfert n'est pas encore effectué, dit-elle.

Puis, préférant l'attaquer plutôt que de lui laisser voir à quel point il la déstabilisait, elle poursuivit :

— Et vous ne pouvez pas savoir à quel point vous me répugnez…

— Vraiment ?

Avant que Claire n'ait eu le temps de réagir, il s'avança

vers elle, la saisit par le bras, la plaqua contre son torse et écrasa ses lèvres sur les siennes.

Aleksy la tenait fermement, et la sensation de sa bouche sur la sienne était trop merveilleuse pour qu'elle le repousse. Bien qu'il soit dominateur et impitoyable, elle ne ressentait pas son baiser comme un rapport de force. C'était…

Torride, sensuel, envoûtant… Instinctivement, elle entrouvrit les lèvres, laissant sa langue se mêler à la sienne et découvrant alors une telle sensation de plaisir qu'elle sentit ses jambes se dérober sous elle. Elle lui rendit son baiser avec passion et gémit lorsque, plaquant ses mains sur ses fesses, il la pressa contre son bassin.

C'était si bon de se sentir enveloppée par des bras puissants et de ne plus penser qu'au plaisir irradiant au creux de son ventre.

Lorsque, après lui avoir mordillé les lèvres, Aleksy la lâcha, elle se laissa tomber sur le lit.

Il se tint un instant devant elle, la dominant, les lèvres entrouvertes.

— Nous pouvons attendre demain si vous voulez vraiment vous faire désirer, mais je ne pense pas que vous le souhaitiez.

— Sachez que je ne couche pas avec un homme pour de l'argent. Je vais vous rendre le vôtre car vous ne pouvez pas me forcer à venir dans votre lit.

— Inutile, vous venez de prouver que vous en avez envie.

Il avait raison. En sa présence, les barrières qu'elle avait érigées pour se protéger tombaient, la laissant vulnérable et à sa merci.

— Même si c'était le cas, j'ai l'intuition que ce serait une erreur, répliqua-t-elle en soutenant son regard.

Claire savait qu'elle aurait dû écouter son instinct, mais cet homme l'attirait comme un aimant, et elle ne pouvait penser à rien d'autre qu'à leurs corps entremêlés. Bien qu'elle manquât de souffle et que ses tétons se soient tendus à lui faire mal, elle parvint à rester immobile et à maintenir la distance entre eux.

Elle vit une lueur frustrée, presque triste, passer dans ses yeux, très vite remplacée par un air de triomphe.

— J'imagine que vous tenez à sauver votre réputation.

— Exact. Coucher avec vous la ruinerait !

Un combat intérieur se livrait entre la raison de Claire et son irrésistible envie de sentir de nouveau les lèvres d'Aleksy sur sa bouche, son corps sur le sien, et sa hâte de découvrir avec lui de nouvelles sensations qu'elle imagina grisantes.

Depuis l'instant où elle avait posé les yeux sur lui, elle avait eu envie d'en savoir plus à son sujet. Une recherche Internet lui avait donné quelques renseignements sur son parcours professionnel mais rien ne transparaissait sur son passé. Mis à part le fait qu'il soit russe, elle n'avait rien trouvé sur ses origines. Pourquoi éprouvait-elle une attirance aussi forte pour cet inconnu ?

— Vous avez lu le rapport, annonça-t-il, très calme. Une enquête va être menée au sein de la compagnie, et toute personne ayant été mêlée aux activités frauduleuses de Victor sera congédiée. J'imagine que nombreux sont ceux qui vont préférer démissionner avant d'être renvoyés.

— J'ignorais tout de ses activités, lui rappela-t-elle, se sentant injustement accusée. Vous ne pensez tout de même pas que les gens vont dire que j'ai été congédiée parce que j'ai aidé Victor dans ses malversations ?

— Ne jouez pas la fierté outragée alors que vous venez d'accepter cent mille livres sterling pour une œuvre de charité fictive !

— Elle existe bel et bien, et je n'ai jamais demandé cet argent ! s'exclama-t-elle en se redressant d'un bond. Je n'ai jamais commis aucun méfait.

— Vous avez néanmoins été remerciée, et les gens en tireront leurs propres conclusions. Cela ne vous pose pas de problème ?

— Si on me voyait avec vous après avoir été considérée comme la maîtresse de Victor, je passerais pour…

Une femme vénale, acheva-t-elle en pensée, sentant son moral sombrer.

— Mieux vaut être connue pour ce que vous êtes que de passer pour une criminelle. Je suis réputé pour être intraitable avec les voleurs et les menteurs : coucher avec moi vous innocenterait alors que partir ne ferait qu'intensifier les spéculations.

Il avait raison. Elle courait le risque de ne plus jamais trouver de travail si on l'accusait.

— Si je comprends bien, vous avez le pouvoir de blanchir mon nom !

— En effet, cela ne tient qu'à vous, répliqua-t-il en souriant, satisfait de l'avoir amenée exactement là où il le désirait.

Cet homme n'avait aucune pitié.

— Pourquoi vous acharner ainsi sur moi ?

— Pourquoi argumenter alors que vous savez que vous allez y prendre du plaisir ?

— Je pourrais aussi faire en sorte que *vous* n'y preniez pas le plaisir escompté, rétorqua-t-elle en baissant les yeux.

— Ne vous inquiétez pas, vous semblez très réceptive. Je vous ferai comprendre ce que j'aime.

Claire croisa les bras devant elle, triturant son pull-over avec nervosité. Elle devait l'avertir de son manque d'expérience.

— Ecoutez, je ne suis pas… Si vous pensez…

— Je pense seulement, dit-il en s'approchant d'elle, que vous êtes la femme que Victor voulait.

Saisissant ses bras, il les croisa dans son dos. Le

corps de Claire se cambra, et ses seins vinrent effleurer la poitrine musclée d'Aleksy.

— Par… pardon ?

— Victor n'ayant pas pu vous avoir, cela signifie que vous êtes pour moi.

Claire ne parvenait pas à réfléchir lorsqu'il la touchait mais ne pouvait s'éloigner tant il la tenait avec fermeté. Une soudaine faiblesse l'envahit.

— Vous arrivait-il de voyager avec lui ?

— Il avait prévu de m'emmener en déplacement mais il est mort avant. Pour en revenir à la raison pour laquelle vous…

Elle ne pouvait se résoudre à prononcer « me voulez ». Elle frissonna tandis qu'une onde chaude lui traversait le corps, faisait gonfler ses seins et les rendait insupportablement sensibles. Elle mourait d'envie de presser ses hanches contre les siennes, de sentir son membre dur comme lorsqu'il l'avait embrassée.

Il approcha ses lèvres des siennes mais elle rejeta la tête en arrière :

— Je n'ai pas accepté.

Elle n'avait pourtant pas envie de se retrouver dans la rue avec ses valises, sans nulle part où aller. Ses seules amies travaillant dans la compagnie, ne voudraient pas l'accueillir de peur de perdre leur poste, et elle n'avait pas d'économies, seulement une carte de crédit dont elle ne pourrait plus se servir si elle perdait sa source de revenus. Elle prit alors pleinement conscience de la précarité de sa situation : aucun employeur ne voudrait d'elle, désormais. Elle murmura :

— Vous êtes impitoyable !

— J'ai perdu depuis longtemps toute possibilité de me racheter, reconnut-il, une lueur sombre dans les yeux, et il est donc inutile de faire appel à ma compassion. Soyez raisonnable, Claire, capitulez.

N'ayant plus rien à perdre ni de compte à rendre à personne, elle fut tentée d'accepter son offre : une nuit, quelques heures pour assouvir un désir physique qu'elle ne s'était jamais attendue à ressentir… Puisqu'elle ne cherchait pas de véritable relation à long terme, elle pouvait peut-être se résoudre à la vacuité d'une liaison éphémère…

— Cela ne vous suffit-il pas de prendre l'entreprise d'un homme mort, pourquoi me vouloir en plus ?

— Il était vivant lorsque j'ai entamé la procédure, et non, cela ne me suffit pas, mais ne vous posez pas en victime pour l'unique raison que vous êtes habituée à être la prédatrice. Après tout, vous gardez l'argent…

— Quoi qu'il arrive ?

Elle se donnait un air assuré, mais sa question était cruciale. Bien que tentée par la perspective de pouvoir diriger la fondation comme elle l'entendait, elle voulait surtout éviter de divulguer les raisons personnelles à l'origine de ce projet.

— Je n'accepterai rien de pervers, l'avertit-elle.

— Ne vous inquiétez pas. Je ne m'amuse à dominer une femme que lorsqu'elle me le demande.

Il serra ses bras, la pressant davantage contre sa poitrine.

— Quel dommage que le virement ne soit pas encore passé ! lança-t-elle avec sarcasme. Pour l'instant, retournez dans votre suite, je dois finir de préparer mes bagages. Je vous donnerai ma réponse demain.

Quand elle aurait trouvé le moyen d'échapper à ce marché…

Desserrant lentement son étreinte, il effleura sa poitrine, ce qui la fit frissonner de désir.

— Une fois que vous aurez disparu avec l'argent ? Certainement pas. Van Eych s'est peut-être laissé persuader de donner sans rien obtenir en retour, mais je ne suis pas aussi stupide. Prenez votre passeport et une valise. J'ai des propriétés dans le monde entier, je vous laisse le droit de choisir où nous allons mais une fois que nous aurons atterri, l'argent sera sur votre compte et…

Il posa sur elle un regard possessif avant d'achever sa phrase.

— … vous serez à moi.

4.

— Au lieu d'organiser un voyage, je préfère préparer mes affaires, déclara Claire tout en ramassant un vêtement tombé à terre. Je vous rappelle qu'à partir de minuit je suis à la rue.

— Ne jouez pas à cela avec moi, Claire. Je peux devenir méchant, vous savez…

— Que voulez-vous de moi au juste en plus de mon travail, mon appartement et…

Elle s'arrêta net, tremblante, et il eut l'impression fugitive qu'elle était sans défense. Mais avant qu'il ne se laisse attendrir, elle avait repris son air fier et s'était éloignée de lui.

— C'est vous qui avez vendu cet endroit, alors ne vous plaignez pas si je dois préparer mes valises.

Aleksy comprit que Claire essayait de gagner du temps, mais elle se comportait en amatrice. Si elle cherchait à le manipuler, elle se fourvoyait, et il allait lui montrer ce dont il était capable.

En un coup de fil, il balaya ses tentatives.

— Super Lazlo ? demanda-t-elle d'un ton ironique sans se retourner.

— Oui, il va demander à Stuart du service comptable de dresser un inventaire de vos affaires avant de les mettre en garde-meubles, à mes frais.

— Et Stuart va tripoter mes sous-vêtements et raconter ensuite à ses collègues ce qu'il a trouvé dans mon armoire à pharmacie ?

— Pas s'il a l'intention de conserver son travail.

Aleksy n'aima pas la façon dont elle avait pâli mais il aimait encore moins l'idée d'un employé touchant sa lingerie. Il réprima l'envie étrange de la prendre dans ses bras pour la rassurer.

— Rassemblez vos affaires, marmonna-t-il. Je vous donne une heure pour vous préparer.

Lorsque Claire lui avait fait part de son choix, Aleksy avait aussitôt répliqué d'un ton moqueur :

— Paris, la ville parfaite pour un week-end en amoureux.

Elle s'était retenue d'expliquer qu'elle avait choisi la Ville Lumière pour sa proximité. Si elle devait rentrer à Londres par ses propres moyens, cela lui coûterait moins cher que de Vancouver ou de Sydney.

Pendant le vol, Claire s'était concentrée sur l'ébauche d'un budget pour la fondation afin d'oublier l'air stupéfait de Stuart lorsqu'il avait découvert Aleksy dans son appartement.

Ce dernier avait posé une main possessive sur l'épaule de Claire et annoncé : « Je ne sors jamais avec mes employées. Claire ne fait plus partie du personnel. »

Elle lui avait lancé un regard furieux et avait quitté la pièce sans un mot, les joues brûlantes : sa réputation était faite. Heureusement, elle avait appris depuis longtemps à se protéger du jugement des autres.

— Nous sommes arrivés.

Le cœur battant, elle prit la main qu'Aleksy lui tendait pour l'aider à sortir de la limousine. Levant la tête, elle observa l'élégante façade de pierre de l'immeuble, avec ses balcons de fer forgé agrémentés de jardinières où fleurissaient les premiers bulbes printaniers.

— C'est vraiment…

Charmant, allait-elle dire, lorsqu'il l'interrompit :

— Un bon investissement.

Sa remarque la glaça.

— Si l'argent est si important à vos yeux, pourquoi vouloir vous débarrasser de tout ce qui appartenait à Victor ? Je suis certaine que sa famille aurait été heureuse de conserver ce dont vous ne vouliez pas.

Tandis qu'elle empaquetait les quelques affaires personnelles auxquelles elle accordait une valeur sentimentale, elle avait entendu Aleksy donner l'ordre de vendre tout ce qui appartenait à Victor sans se soucier du prix.

— Ses fils en ont déjà bien assez, répondit-il sèchement tout en tapant le code d'accès d'un appartement au dernier étage. Je leur ai laissé leurs maisons, car leurs femmes et leurs enfants sont innocents, mais ils en savaient suffisamment sur la manière dont leur père avait fait fortune pour ne pas s'opposer à ma reprise de la compagnie. Je n'avais pas la preuve des malversations de Van Eych avant de mettre la main sur les livres comptables mais lorsque la vérité éclatera, ses fils n'auront plus qu'à changer de nom.

Sa bouche se tordit en un rictus cruel tandis qu'il s'effaçait pour la laisser entrer dans l'appartement.

— Trouvez-vous amusant de détruire sa famille ?

— Amusant ? Non, mais justifié.

Choquée par son manque d'humanité, Claire éprouva une appréhension certaine à se retrouver seule avec Aleksy. Si elle se refusait à lui, la fondation n'avait plus aucun avenir car à présent que Victor était mort, les éventuels sponsors lui tourneraient le dos, pensant qu'elle avait été sa complice.

Aleksy Dmitriev était un homme dur, cruel même,

qui semblait n'avoir aucune émotion. Qu'est-ce qui l'avait endurci à ce point ? Avait-il un cœur, au moins ?

Quelle importance cela pouvait-il avoir, au juste ?

— Préférez-vous dîner dehors ou chez moi ? demanda-t-il en s'approchant d'elle.

Claire, bien que nerveuse de le sentir si proche, observa sa barbe naissante qui accentuait son allure virile et fixa sa bouche, troublée par le souvenir de ses lèvres charnues sur les siennes.

— Désolé, je ne peux pas vous embrasser tout de suite, quoique vous en mouriez d'envie. Ma barbe vous irriterait la peau, annonça-t-il d'une voix rauque.

Mortifiée, elle s'avança dans le salon pour échapper à sa présence hypnotisante.

— Je vais prendre une douche et me raser. Mettez la robe que je vous ai demandé d'emporter. Je veux voir vos jambes.

Elle lui lança un regard furieux mais il s'éloignait déjà dans le couloir.

Claire eut alors tout loisir d'observer le vaste salon à l'ambiance chaleureuse, avec son parquet recouvert de tapis et ses magnifiques pièces de mobilier ancien dont un imposant bureau Louis-Philippe qui en occupait tout un angle.

Elle s'aventura ensuite dans le couloir à la recherche de ses bagages, découvrant d'autres pièces décorées avec un goût tout aussi exquis.

En sortant de sa douche, une serviette autour de la taille, Aleksy remarqua que la valise de Claire avait disparu.

Attrapant son mobile, il quitta la pièce et parcourut l'appartement jusqu'à ce qu'il aperçoive un rai de lumière provenant de la chambre la plus éloignée de la sienne. Entrouvrant la porte, il ressentit alors un énorme soulagement en découvrant sa valise posée devant le lit et en entendant le bruit d'un sèche-cheveux.

Il préféra attribuer l'angoisse soudaine qu'il avait éprouvée à la peur d'avoir laissé échapper ce que Victor n'avait jamais pu obtenir. S'il avait eu la patience de traquer l'homme pendant deux décennies, il pouvait bien attendre quelques heures supplémentaires sa nouvelle conquête.

Durant le court vol depuis Londres, il s'était surpris à regretter que Claire se mure dans le silence car il aurait aimé en apprendre davantage sur elle. Pourquoi ressentait-il une telle attirance pour elle ?

Lorsqu'il avait lu le désir dans ses yeux à leur arrivée dans l'appartement, il avait dû se retenir pour ne pas répondre sur-le-champ à son invite muette. Il ne se souvenait pas d'avoir jamais éprouvé un désir aussi violent, plus fort encore que sa soif de vengeance. Il s'était bien sûr contrôlé, fidèle à son habitude de considérer toute faiblesse envers les femmes comme une distraction qu'il ne pouvait se permettre. Décidé à ne pas y déroger, il devait cependant reconnaître qu'attendre le versement effectif de l'argent sur son compte, ainsi qu'elle l'avait exigé, était une véritable épreuve.

Le charme cesserait certainement d'opérer une fois qu'il aurait fait l'amour avec elle, du moins l'espérait-il, car cette obsession était intolérable.

Après s'être habillé, il partit attendre Claire dans le salon, arpentant la pièce tout en donnant quelques coups de fil afin de calmer son impatience.

En entrant dans le salon, Claire aperçut Aleksy, tourné au trois quarts vers la fenêtre, et put l'observer tout à loisir. Un jean noir moulait ses fesses et ses cuisses musclées, et un pull en cachemire gris clair laissait deviner son torse puissant qu'elle eut envie de caresser à travers la laine soyeuse.

Stupéfaite, elle réalisa que son envie d'aider les orphelins n'était pas l'unique raison de sa venue à Paris. Elle avait envie de cet homme. Un aveu effrayant après des années passées à se convaincre qu'elle ne voulait ni n'avait besoin de personne…

Une fois sa conversation terminée, Aleksy se retourna vers elle, découvrant sa petite robe s'arrêtant au-dessus du genou.

— Vous êtes ravissante, dit-il avec un sourire approbateur, une lueur de désir dans les yeux.

— Victor aimait cette robe.

Claire ignorait ce qui lui avait soufflé une telle réponse. Peut-être la volonté de le provoquer.

— Je vous interdis de prononcer son nom devant moi ! s'écria-t-il d'un ton menaçant.

Par chance, la sonnette de la porte d'entrée retentit au même instant.

Aleksy laissa entrer deux personnes en uniforme de service qui disposèrent des fleurs sur la table, dressèrent le couvert, allumèrent des bougies et, après avoir disposé des assiettes recouvertes de cloches en argent, versèrent du vin dans les verres. Une musique douce s'éleva alors, et le parfum des roses se mêla aux riches senteurs du canard à l'orange.

Claire s'avança vers la chaise que lui tenait Aleksy, tentant de formuler adroitement une question qui la taraudait.

Une fois qu'ils furent seuls, elle s'éclaircit la voix avant de demander :

— Vous avez dit plus tôt que vous convoitiez la compagnie depuis un certain temps. Se pourrait-il que le stress causé par votre acharnement soit à l'origine de la crise cardiaque de Victor ?

— M'accusez-vous d'avoir provoqué sa mort ?

Malgré son ton calme, Claire ressentit une menace et pâlit.

— N… non.

— J'ai racheté plusieurs entreprises ces dernières années et je puis vous assurer que leurs propriétaires sont toujours bien vivants. Van Eych savait ce qui se passait, et j'attribuerais plus volontiers son hypertension à son style de vie sédentaire et à son poids plus que respectable.

— Je sais, je l'avais averti…

— Je ne veux pas savoir ce que vous lui disiez ! s'exclama-t-il, la faisant sursauter. J'en connais plus sur lui que je ne le voudrais et ne souhaite que l'oublier, à présent.

Il venait de lui révéler plus qu'il ne l'aurait voulu mais cela devrait permettre de mettre un terme aux remarques déplacées concernant Victor. Il regarda sa robe à l'élégance simple, dont le tissu épousait à la perfection ses courbes délicates, offensé à l'idée que Van Eych ait pu la lui offrir.

Claire baissa les yeux, visiblement intimidée par son accès d'humeur.

— Parfait, dit-elle enfin avec un calme impertinent. Cela répond au moins à la question que je me posais réellement, à savoir si vous éprouviez de la rancune envers Victor.

Aleksy trouva le terme faible pour exprimer ce qu'il ressentait pour l'homme responsable de la mort de son père, du lent déclin de sa mère et du bouleversement de son existence. Il prit une gorgée de vin afin de dissiper la boule qui s'était formée dans sa gorge.

— Oui, Claire, j'éprouvais de la rancœur.

Bien qu'Aleksy ait parlé avec calme, il était extrêmement tendu. Claire poursuivit :

— Pourquoi ?

— Nous nous connaissions, c'est tout ce qui compte.

— Pas pour moi. A présent que vous m'avez contrainte à accepter votre marché, j'aimerais comprendre. Dès l'instant où vous avez su que je n'avais jamais été la maîtresse de Victor, vous avez commencé à vous intéresser à moi. Votre but étant a priori de vous emparer de toutes ses possessions pour vous en débarrasser aussitôt après, avez-vous l'intention d'agir de la sorte avec moi ?

Aleksy, qui avait serré les dents en entendant le terme « contrainte », se contenta d'une réponse sèche :

— Je veux réduire à néant ce qu'il a construit, effacer son empreinte de la surface de la terre.

— Je ne vous laisserai pas m'anéantir ! Je ne lui appartenais pas !

— Il pensait que vous étiez à lui, et vous avez laissé les gens le croire.

— Cela ne vous permet pas de me traiter comme…

— Ma propriété ? l'interrompit-il tout en posant les avant-bras sur la table et en se penchant vers elle jusqu'à ce qu'elle recule sur sa chaise. Je ne vois pas le problème, Claire. Vous avez obtenu ce que vous vouliez, l'argent est à vous. A présent c'est à mon tour d'obtenir ce que je désire, et je ne pense pas que vous ayez matière à vous plaindre. Changeons de sujet, maintenant.

— C'est ce que vous venez de faire, rétorqua-t-elle, tout en considérant les diverses émotions que lui causait le fait d'être attirée par un homme qui lui promettait, certes, de lui donner du plaisir, mais dans le seul but d'assouvir une vengeance.

— Vraiment ?

— Oui.

Son appétit envolé, Claire posa ses couverts. Elle devait faire un choix : attendre que le transfert soit effectif ou coucher avec Aleksy et en finir une bonne fois pour toutes, et cela lui mettait les nerfs à fleur de peau. Peu importait qu'il n'éprouve rien pour elle. N'avait-elle pas décidé que les relations superficielles étaient préférables aux autres ?

— Je suis prête.

— Pourquoi ce soudain revirement de situation ? demanda-t-il en la regardant droit dans les yeux.

Elle tenta d'ignorer son cœur qui battait la chamade, déterminée à paraître aussi décontractée et détachée que les femmes auxquelles il était sans nul doute habitué.

— Parce que je suis une femme capable de décider. Mon choix est fait : je veux m'acquitter de ma dette au plus vite.

Se levant brusquement, elle se dirigea vers la chambre d'Aleksy, ne s'arrêtant que devant son lit imposant.

Qu'était-elle en train de faire ? Tandis que le doute l'assaillait, elle sentit les doigts d'Aleksy faire glisser la fermeture de sa robe. Paniquée, elle agrippa le tissu devant sa poitrine et pivota.

La prenant dans ses bras, il l'attira contre lui, s'empara de sa bouche puis, faisant glisser une main jusqu'à sa poitrine à moitié découverte, lui caressa un sein.

Ce contact éveilla en Claire un plaisir si intense qu'elle prit peur et, rejetant la tête en arrière, repoussa Aleksy.

— Pas si vite !

5.

S'efforçant de dissimuler son trouble, Claire leva les yeux vers Aleksy.

— Une femme a besoin d'être séduite, lança-t-elle, espérant calmer sa ferveur.

— Vraiment ? répliqua-t-il en lui saisissant le menton et en plantant ses yeux dans les siens. Ou bien cherche-t-elle à voir jusqu'où elle peut pousser un homme ?

— Je ne… cherche pas à revenir sur notre accord, murmura-t-elle, mais je préférerais ne pas aller si vite.

— Essayez-vous de pimenter les choses ou avez-vous peur de perdre tout contrôle ?

Le fait qu'il ait deviné ses pensées effraya Claire qui se rendit compte qu'elle n'arrivait plus à maîtriser ses réactions face à Aleksy.

Celui-ci lui caressa alors avec douceur la lèvre inférieure puis murmura :

— A vous de me dire alors quand vous voulez que je vous embrasse.

— M… Maintenant.

— Vous en êtes sûre ?

— Oui, mais un baiser seulement.

Aleksy glissa ses doigts dans sa chevelure, et lui renversant la tête en arrière, parcourut son cou de baisers légers.

— Puisque vous le demandez si gentiment…

Elle frissonna tandis que ses lèvres remontaient vers son menton, ses joues, ses tempes.

Fermant les yeux, elle s'abandonna à ses caresses, appréciant la patience dont il faisait preuve, avant de réaliser soudain qu'elle voulait aussi goûter ses lèvres. Lorsqu'elle sentit son souffle chaud contre sa bouche, elle l'entrouvrit en une invitation muette, mais il s'éloigna aussitôt. Elle laissa échapper un soupir : il la tenait à sa merci.

— Aleksy, murmura-t-elle d'une voix rauque.

— Tu as envie de ma bouche ?

Malgré ses doutes et son appréhension, l'attente était intolérable.

— Oui.

Il effleura de nouveau ses lèvres.

— Encore, gémit-elle, tandis qu'une douce chaleur envahissait son corps.

— Montre-moi ce que tu veux, ordonna-t-il.

Relevant la tête, elle pressa sa bouche sur la sienne et pointa le bout de sa langue contre les lèvres d'Aleksy.

Comme il se raidissait, elle s'arrêta, persuadée qu'elle ne savait pas s'y prendre, mais il la serra davantage et mêla sa langue à la sienne. Approfondissant son baiser, il l'entraîna dans un monde si excitant qu'elle se surprit à prendre sa tête entre ses mains et à l'attirer contre elle.

— C'est ça que tu veux maintenant ? demanda-t-il en lui prenant une main et en la guidant sous son pull jusqu'à sa poitrine.

La peau d'Aleksy était très douce, recouverte de poils soyeux, ses tétons petits et durs sous les doigts curieux de Claire qui poursuivait son exploration, ravie de voir qu'il était réceptif.

— Tu aimes ? demanda Aleksy, accentuant sa

pression au creux de ses reins tout en lui mordillant le lobe de l'oreille.

Claire gémit puis, se souvenant du plaisir qu'elle avait éprouvé lorsqu'il avait caressé son sein, referma les doigts autour de ses tétons.

— Oui.

— Alors enlève ta robe, murmura-t-il.

Même si sa relation avec Aleksy était temporaire, Claire savait que cet homme resterait à jamais dans sa mémoire. Le quitter allait être douloureux. A cette idée, elle sentit sa gorge se serrer. Mieux valait profiter de l'instant présent…

Elle fit glisser les bretelles de sa robe qui tomba à ses pieds.

— Demande-moi de t'aider à enlever ton soutien-gorge.

— Je…

Claire était pétrifiée.

D'un mouvement très sûr, Aleksy le dégrafa et le lui ôta.

— Assieds-toi, dit-il tout en lui prenant la main pour la guider vers le lit.

Le cœur battant à tout rompre, elle suivit Aleksy qui, le comprit-elle, la laissait mener le jeu, éveillant en elle un désir si puissant qu'il anéantissait sa réserve habituelle.

Passant une main sous son genou, Aleksy le leva doucement, et elle bascula sur le dos avec un petit cri, en proie à une multitude de sensations nouvelles : l'intensité du regard d'Aleksy avait autant d'effet que des caresses.

Il lui ôta un escarpin, puis l'autre.

— Laisse-moi enlever tes bas, dit-il en lui caressant l'intérieur de la cuisse. Tu veux sentir mes doigts sur ta peau, non ?

— Oui, mais… Tu ne te déshabilles pas ?

— Plus tard.

Aleksy fit lentement glisser le fin voile le long de ses jambes et se redressa pour admirer son corps.

Claire ne s'était jamais sentie aussi vulnérable que sous ce regard fier et souverain. Résistant à son envie de se cacher, elle chercha sur le visage d'Aleksy un signe d'appréciation. Il lui parut qu'une éternité s'écoulait avant qu'il ne lève les yeux et rencontre son regard.

— Charmant, annonça-t-il enfin.

En entendant ce terme banal, Claire sentit sa gorge se serrer.

Sans lui laisser le temps de protester, Aleksy lui saisit les poignets, les emprisonna d'une main au-dessus de sa tête, puis s'allongea sur elle.

Claire tenta de se libérer mais il resserra son étreinte sachant qu'il ne pourrait plus répondre de son corps s'il la laissait le toucher. Elle était belle, si belle et excitante qu'il n'avait pas trouvé de terme adéquat pour la décrire.

Il s'efforça de se souvenir qu'elle jouait avec lui. Faisant glisser sa main sur sa hanche, puis sa cuisse, il fit lentement bouger son bassin…

Les joues rosies et les yeux brillants, Claire souleva les hanches, ce qui faillit faire jouir Aleksy. Mais les petits gémissements d'impuissance de sa partenaire donnaient un sens à la torture qu'il lui infligeait, et il se retint tant bien que mal.

Claire n'aurait jamais imaginé qu'un homme puisse lui offrir un tel plaisir ni que son odeur si masculine puisse l'enivrer à ce point. Quand Aleksy posa une main chaude et possessive autour de son sein, dont la pointe se dressa aussitôt, et en effleura du pouce l'aréole, refusant de lui accorder ce qu'elle souhaitait, elle gémit :

— Je t'en prie, Aleksy.

Comme il posait les lèvres sur son téton, une onde

de plaisir envahit Claire. Elle n'était plus que désir, et la puissance de ce sentiment l'exalta : elle se sentit totalement femme.

Lorsqu'il prit entre ses lèvres le bout de l'autre sein, elle se tendit vers lui, incapable de réprimer un gémissement.

Aleksy caressa alors l'intérieur de sa cuisse avant de glisser un doigt sous son string puis entre ses doux replis. Claire croyait connaître son corps, mais ce contact lui procura un tel plaisir qu'elle tendit les hanches pour mieux s'offrir à lui. Ce sentiment d'extrême intimité, la confiance et la dextérité avec lesquelles il lui donnait du plaisir…

— Oh ! Aleksy…, gémit-elle.

Il relâcha la pression de son doigt.

— Il me semble que tu ne m'as pas demandé cela, je me trompe ? Veux-tu que je te caresse ou… que je t'embrasse ? poursuivit-il en passant un coude sous son genou avant de poser la cheville de Claire sur son épaule.

— Alors ? Dois-je t'enlever ton slip avec les dents ?

— Déshabille-toi d'abord, murmura-t-elle.

Comme Aleksy se redressait, Claire regretta la chaleur de son grand corps sur sa peau et prit conscience de sa cuisse sur le lit, de son string devenu humide, de ses seins dressés et de son souffle haletant.

Toute inhibition avait disparu, elle ne souhaitait plus qu'une chose : qu'il continue de lui faire l'amour.

Dévoré de désir, Aleksy regardait son corps fin et gracieux, incapable de penser à autre chose qu'au goût délicieux de sa peau au parfum fleuri et à la douceur satinée. L'embrasser et la caresser ne lui suffisait pas, il voulait être en elle, enfoncer son sexe brûlant et palpitant au cœur de sa féminité.

Elle cherchait à le rendre fou et y parvenait, mais

il ne lui donnerait pas cette satisfaction. Puisqu'elle aimait jouer, il la conduirait au bord du délire jusqu'à ce qu'elle le supplie de la prendre.

— Aleksy ?

Heureux de déceler une lueur de doute dans son regard — elle n'était donc pas certaine d'avoir réussi à le séduire —, il lui adressa un petit sourire.

— J'attends tes ordres, ironisa-t-il tout en enlevant son pull-over et en le jetant au sol.

— Oh…

Son faible soupir le fit sourire, et la façon dont elle s'humecta la lèvre inférieure éveilla une poussée douloureuse dans son bas-ventre.

— Cela signifie-t-il que tu veux que je me déshabille plus doucement ?

Il déboutonna son jean et sortit de sa poche un préservatif.

— Tu ne me veux pas *entièrement* nu, n'est-ce pas ?

— Nu, mais protégé.

Le ton si innocent de sa voix le fit frissonner.

Il enleva sans se presser son jean et son boxer, les envoyant rejoindre son pull-over au sol, dissimulant sous un calme apparent son insoutenable tension. Debout devant elle, il la regarda qui l'observait, sentant son érection grandir.

— Tu es…, commença-t-elle d'une voix faible.

Après avoir déchiré l'emballage avec ses dents, il déroula le préservatif autour de son membre, conscient du très léger tremblement qui trahissait son impatience.

— Prêt, annonça-t-il, terminant la phrase pour elle. Et toi ?

Comme elle se contentait de le regarder, les yeux écarquillés, il en profita pour lui ôter son string puis écarta la main avec laquelle elle tentait de couvrir son pubis blond.

— Ne te cache pas, tu es si belle, murmura-t-il, vaguement conscient de s'être exprimé en russe.

Posant un doigt sur son mont de Vénus, il le fit glisser jusqu'à ce qu'elle s'arc-boute, comme électrisée. Puis, doucement, il s'allongea sur elle.

Le corps de Claire s'enflamma au contact de la peau nue d'Aleksy, et ses lèvres se mirent à trembler. Tout en faisant lentement glisser ses mains le long de son dos, elle enroula ses jambes autour de sa taille.

— Personne ne m'avait jamais fait éprouver de telles sensations, murmura-t-elle au creux de son oreille.

Il ne voulait pas entendre parler d'autres hommes, et cette seule idée le ramena à la réalité. Essayait-elle de le rendre jaloux ? Ce soir il n'y avait que lui.

— Tu aimes ? demanda-t-il tout en effleurant sa féminité de son sexe dressé.

Claire se figea, retenant son souffle, avant d'amorcer un léger mouvement de hanches vers lui.

— Oh oui !

Alors, Aleksy s'enfonça en elle d'un seul coup de reins.

6.

Aleksy devina que le cri de Claire, quoique vite réprimé, était un cri de douleur, car au même moment ses ongles s'enfoncèrent dans son dos, et elle se raidit. Sentant une résistance, il se figea tout d'abord sans comprendre.

— Je ne savais pas que ça faisait si mal, murmura-t-elle.

Il tenta aussitôt de se retirer, mais Claire resserra les jambes autour de lui.

— Non…

Soudain Aleksy comprit.

— Tu es vierge ?

— Plus maintenant, répondit-elle avec un petit sourire.

— Je ne fais jamais l'amour avec une vierge.

— Je t'en prie, ne gâche pas tout, dit-elle d'une toute petite voix.

Il n'avait pas envie de se retirer car elle était douce et excitante, mais il savait qu'il aurait dû…

Bien qu'Aleksy se soit immobilisé, Claire sentit soudain une douce palpitation en elle, et ses muscles se relâchèrent, lui permettant de s'enfoncer un peu plus en elle.

Sa réplique cinglante résonnait encore dans sa tête : « Je ne fais jamais l'amour avec une vierge. » Le sentir en elle était pourtant délicieux, et elle voulait qu'il continue. Des larmes de frustration lui brûlèrent les yeux.

— Ne pars pas, je t'en prie…

— Chut ! dit-il tout en lui prenant la tête entre les mains et en essuyant du pouce une larme qui roulait sur sa joue. Quand tu seras prête, nous continuerons.

Bien que bourrue, la voix d'Aleksy était presque tendre, comme le léger baiser qu'il posa sur ses lèvres.

Claire poussa un soupir de soulagement : il ne l'abandonnait pas. Resserrant les bras autour de lui, elle inclina le bassin, le laissant pénétrer doucement en elle. Elle ressentit encore une légère brûlure avant d'être envahie de délicieuses sensations.

Elle se mit alors à remuer les hanches contre Aleksy, qui se mit à murmurer en russe des mots très doux tout en lui embrassant le cou puis, passant les mains sous ses fesses, se retira légèrement avant de plonger en elle de nouveau.

Claire renversa la tête en arrière en gémissant et s'arc-bouta contre lui.

Comme il accélérait son va-et-vient les sensations devinrent si intenses qu'elle s'écria :

— Aleksy, oui, encore !

Il accéléra, allant et venant dans la chaude moiteur de Claire, l'amenant à un degré de plaisir à peine supportable et l'y maintenant jusqu'à ce que…

Claire eut soudain l'impression de tomber, le souffle court, vaguement consciente du cri guttural d'Aleksy, puis d'une lumière étincelante. Un pur moment d'extase.

*
* *

Lorsque Aleksy se leva pour aller se rafraîchir dans la salle de bains, il avait déjà une seule idée en tête : prendre Claire de nouveau.

Ce moment de volupté incroyable et inoubliable n'aurait jamais dû avoir lieu. *Pas si vite.* Il comprenait à présent sa timidité. Pourtant, lorsqu'elle s'était laissée aller à la passion…

« Je t'en prie, ne gâche pas tout. » Qu'était-il censé faire ? La laisser frustrée et déçue par sa première expérience avec un homme ?

Au lieu de se laisser dominer par le désir, il aurait dû se contrôler, songea-t-il avec amertume en fixant son reflet, et lui laisser sa virginité afin qu'elle puisse l'offrir un jour à l'homme qui deviendrait son mari.

Comment avait-elle osé le mettre dans une situation pareille ?

Revenant dans la chambre, il trouva Claire assise, tenant devant elle le drap qui découvrait ses frêles épaules.

Elle avait l'air d'une jeune mariée après sa nuit de noces, les lèvres gonflées et les cheveux ébouriffés. Elle leva vers lui des yeux pleins d'admiration.

Contrarié que ce regard émouvant réveille son désir, il se planta devant Claire, jambes écartées et bras croisés sur la poitrine, la dominant de toute sa hauteur.

— Je n'ai pas l'intention de t'épouser, lança-t-il froidement.

— Te l'ai-je demandé ?

— Tu pensais peut-être m'y contraindre en te donnant à moi pour la première fois, mais sache que je ne suis pas du genre à me marier.

Elle n'y songerait d'ailleurs même pas si elle savait quel monstre il était en réalité.

— De quoi parles-tu ? demanda-t-elle en haussant les sourcils.

— La virginité d'une femme appartient à son mari.

Il ne se pardonnerait jamais ce qu'il venait de faire. Avoir une liaison avec une femme libérée était une chose, mais il se sentait incapable de répondre aux attentes d'une femme innocente.

— Je ne t'ai pas demandé de m'offrir la tienne, poursuivit-il, alors n'essaie pas de me forcer à t'épouser en me culpabilisant.

Aleksy ne sut si c'était la honte ou la rage qui colora les joues de Claire, mais il choisit de ne pas s'attarder sur les sentiments qu'elle pouvait éprouver.

— « La virginité d'une femme appartient à son mari » ? répéta-t-elle avec ironie. Je te rappelle que nous sommes au vingt et unième siècle et que le corps d'une femme *lui* appartient. Il ne me semble pas que tu te sois préservé pour ton mariage !

— Heureusement qu'au moins l'un d'entre nous savait ce qu'il faisait.

Ce qui n'était pas vrai puisqu'elle avait omis de lui dire qu'elle était vierge. Elle était plus rusée qu'il ne l'avait pensé, et il était tombé dans le piège.

— A quoi bon attendre un mari qui ne s'est pas présenté lorsque j'avais besoin de lui ? Il semblerait que je doive prendre soin de moi toute seule.

— Et c'est ainsi que tu as décidé de t'y prendre, en offrant ta virginité pour de l'argent ?

Aleksy réprima le sentiment de culpabilité qu'il sentit monter en lui en voyant une expression outragée se peindre sur le visage de Claire. Mieux valait qu'elle comprenne qu'il n'avait pas de cœur. Un doute cependant s'immisça en lui : elle était peut-être vraiment romantique, croyant que ce type de relation entraînait un engagement à vie. L'idée de ne pas être à la hauteur de cette attente lui sembla un poids difficile à porter.

— J'ai fait un choix qui n'engage que moi. N'aie

crainte, je ne suis pas non plus du genre à vouloir me marier.

Il eut un petit rictus. Les jeunes femmes pures rêvaient d'une famille. Si ses propres parents avaient été encore en vie, ils n'auraient pas été fiers de la manière dont il se comportait en cet instant.

— Tu ne me connais pas, poursuivit-elle, et n'en éprouves même pas l'envie. Je ne suis qu'un trophée de guerre pour toi. Maintenant que tu as pris ta revanche, j'imagine que tu vas me laisser partir, n'est-ce pas ?

La question de Claire le désarma car il ne voyait pas les choses ainsi. Même s'il s'en voulait de ne pas avoir compris plus tôt qu'il était son premier amant, il imaginait déjà goûter encore à sa peau douce, caresser ses cuisses soyeuses, la sentir se cambrer contre lui jusqu'à ce qu'elle soit prête à le recevoir de nouveau : cela n'avait rien à voir avec une vengeance.

Aleksy réalisa avec stupéfaction qu'il n'avait pas envie qu'elle parte. Il aurait dû se montrer plus attentionné. Si seulement il avait su…

Non, il n'avait aucun reproche à se faire, et mieux valait en effet la laisser partir. Pour l'instant.

7.

En se réveillant, Claire dut s'asseoir dans le lit et regarder autour d'elle avant de reconnaître la chambre d'Aleksy. Voyant qu'elle y était seule, elle sentit son angoisse se muer en soulagement.

Elle cacha son visage entre ses genoux, se souvenant qu'elle s'était donnée à lui sans inhibition, se délectant de ses caresses si sensuelles et de la proximité de son corps fort et rassurant.

Son cœur se serra quand elle songea que cette merveilleuse expérience lui avait cependant coûté le respect d'Aleksy. Comment pouvait-il avoir des idées aussi archaïques ? Même si sa réaction méprisante l'avait peinée, elle aurait aimé savoir s'il avait pris autant de plaisir qu'elle à faire l'amour.

Elle savait pourtant que le plaisir physique venait au second plan pour lui puisque sa première intention avait été de se venger de Victor. N'avait-il d'ailleurs pas quitté la chambre aussitôt après avoir assouvi son désir ? Personne n'avait jamais voulu d'elle sur le long terme, elle était stupide de s'imaginer qu'un homme comme lui, qui pouvait avoir toutes les femmes qu'il voulait, serait différent.

A cet instant Aleksy entra, déjà habillé mais les cheveux encore humides. Croisant son regard, Claire sentit ses seins durcir et un doux désir naître dans son ventre... Comment oublier ce moment magique où leurs corps n'avaient plus fait qu'un ? Elle s'était sentie aimée et protégée, non pas nue et embarrassée, comme en cet instant.

Le cœur battant, elle attendit qu'il lui demande de partir.

— Tu as faim ?

Sa voix profonde semblait teintée d'ironie. S'il se moquait d'elle parce qu'elle avait préféré son corps au dîner de la veille, c'était cruel.

— Un peu, répondit-elle sur la défensive. Tu as besoin de moi pour préparer le petit déjeuner ?

Elle le vit hausser imperceptiblement un sourcil, et remarqua des cernes autour de ses yeux mordorés. Faire l'amour avec elle lui aurait-il fait perdre le sommeil ? Cette impression se dissipa aussitôt lorsqu'il répliqua avec son arrogance habituelle :

— Ma gouvernante l'a déjà préparé.

— Oh ! J'aurais aimé aller le prendre dans un café.

Voyant passer une lueur de surprise dans les yeux d'Aleksy et sa bouche se pincer, Claire se mordit la lèvre. Elle n'avait pas eu l'intention de quémander une promenade romantique main dans la main à travers les rues de la capitale française.

— C'est la première fois que je suis à Paris, se défendit-elle en rougissant, j'avais envie de goûter les fameux croissants français, mais ce n'est pas grave. Je serai prête dans quelques minutes.

Posant un pied à terre, elle lui signifia d'un mouvement de tête qu'elle préférait être seule pour se préparer.

Aleksy ne bougea pas.

Pensait-il que son corps dissimulé par le drap n'avait plus aucun secret pour lui ou bien avait-il une autre idée en tête ? Le cœur battant, Claire, prise entre son désir de refaire l'amour avec lui et sa raison, attendit qu'il se décide.

— Prends ton temps, dit-il pour finir, avant de quitter la chambre.

Elle le regarda sortir d'un air triste, se sentant délaissée par cet homme qui avait en si peu de temps pris une telle importance dans sa vie. Elle essaya alors de se persuader qu'elle n'avait besoin de personne, et qu'une fois habillée elle serait capable de l'affronter sans faiblir.

Elle devait à tout prix rester indifférente.

Aleksy n'était pas habitué à ce qu'une femme se refuse à lui. Attendre Claire dans le salon sachant qu'elle était en train de savonner son corps à la douce senteur de pêche était un supplice.

La veille, comprenant qu'il serait incapable de fermer l'œil à côté d'elle, il avait passé la nuit à arpenter son bureau, songeant que lui avoir fait l'amour aurait dû assouvir sa soif de vengeance. Il avait cru simplement vouloir remporter une victoire sur son ennemi. Or, Claire n'avait jamais été à Van Eych. Elle lui appartenait, à lui seul, et il ne pouvait s'empêcher de penser à elle.

C'était là un autre tour que lui jouait le destin. Alors qu'il s'était préparé à passer de longs mois à Londres à traquer et détruire Van Eych, la mort de ce dernier lui avait ôté tout intérêt pour la reprise de la compagnie. Il aurait mieux fait de rentrer à Moscou pour s'occuper de ses affaires.

D'autre part, même s'il savait que Claire lui avait offert sa virginité dans le seul but de conserver son travail et un appartement, il ne pouvait se résoudre à mettre un terme à leur liaison. Si elle devait se vendre à quelqu'un, autant que ce soit à lui.

Aleksy venait de prendre la décision de garder Claire à

ses côtés jusqu'à ce que son désir se soit émoussé, lorsque son cœur fit un bond quand elle entra dans le salon, vêtue d'une petite robe printanière, ses beaux cheveux blonds tombant sur ses épaules et un maquillage discret rehaussant sa beauté et sa fraîcheur naturelle. Elle avait un air pur et innocent malgré son expression sérieuse.

— Je vais te prendre rendez-vous dans une boutique de créateur dès aujourd'hui, lança-t-il sans préambule. Je veux que tu portes des vêtements à mon goût.

Elle aurait ainsi de quoi s'occuper, et lui serait à l'abri de toute tentation.

— T'approprier le bien de Victor ne te suffit pas, il te faut en plus le modeler à ta guise ?

Sans se laisser démonter par son insolence, Aleksy répliqua :

— Je veux faire disparaître toute trace de lui.

Comme la gouvernante s'approchait pour servir le petit déjeuner, il vit Claire bouger sur sa chaise, mal à l'aise.

Une fois Yvette sortie, Claire marmonna, les yeux rivés sur son assiette :

— Comme si cela n'était pas déjà assez difficile pour moi ! Tu es certainement habitué à prendre ton petit déjeuner avec des compagnes d'une nuit mais pas moi, et je n'aime pas avoir une étrangère pour témoin.

Aleksy se raidit.

— Je n'ai pas de liaisons d'une nuit, dit-il d'un ton calme.

— Ni de vierges, si je me rappelle bien. Eh bien, tu as fait d'une pierre deux coups !

Lui saisissant le menton, Aleksy la força à le regarder. L'expression d'anxiété mêlée de désir qu'il lut dans ses yeux éveilla en lui un profond instinct protecteur qui lui donna envie de la réconforter…

*
* *

D'un mouvement de tête, Claire se libéra.

— Je dois rentrer à Londres.

— Pourquoi ?

Ayant su dès le départ qu'elle n'était pour Aleksy qu'une conquête parmi tant d'autres, Claire ne comprenait pas pourquoi elle se sentait aussi triste et vulnérable. Elle préférait s'échapper avant que la situation n'empire.

— Afin de trouver un travail et un appartement, répondit-elle.

Un léger bourdonnement attira l'attention d'Aleksy qui jeta un coup d'œil sur son portable.

— Parfait, annonça-t-il, cela tombe à point nommé.

Comme il lui montrait le message, Claire put y lire la confirmation d'un transfert de cinquante mille livres sur son compte.

— Ce n'est pas la somme dont nous étions convenus, fit-elle remarquer.

L'intégralité de cette somme étant destinée à la fondation, Claire n'était pas prête à accepter un penny de moins.

— L'expérience m'a appris à être prudent. Tu aurais pu changer d'avis.

— J'ai rempli ma part du marché et à présent j'en attends autant de toi.

— Tu recevras le reste lorsque notre liaison sera terminée.

— Pardon ? Je croyais… que c'était fini ?

Claire retint son souffle, incertaine de ce qu'elle souhaitait entendre.

— *Niet.*

— Non ou pas encore ? Combien de temps cela va-t-il durer ?

Il haussa les épaules.

— Jusqu'à ce que je me lasse de toi.

— Tu ne peux pas me demander de mettre ma vie entre parenthèses pour toi !

— Cela t'apprendra à accepter des contrats à durée indéterminée.

— Mais…

La panique l'envahit, lui serrant la gorge. Aleksy avait déjà réussi à faire tomber ses défenses, elle n'imaginait pas pouvoir se dévoiler plus encore à lui.

— Quel est le problème ? Tu n'as ni loyer à payer ni employeur qui t'attend. Si tu souhaites que je prenne soin de ces détails lorsque notre association prendra fin, je te promets de m'en occuper.

— Je ne…

Elle s'interrompit en apercevant sur ses lèvres une moue méprisante. Comment faisait-il pour ne voir en elle qu'une femme vénale alors que l'argent ne l'avait jamais intéressée ?

— Que t'a fait Victor pour que tu sois si froid et calculateur ?

Le long silence qui suivit sa question prouva qu'elle avait touché un point sensible.

— Mon histoire avec Van Eych ne te regarde pas. Entre toi et moi existe une forte attirance sexuelle qui ne demande qu'à s'exprimer. Lorsqu'elle aura disparu, tu pourras partir, et je débloquerai le reste des fonds.

Ces paroles éveillèrent en Claire un doux frisson. Une forte attirance sexuelle ?

— Je pensais devoir payer pour les péchés d'un homme que je connaissais à peine.

— *Niet.*

Aleksy détourna les yeux, comme pour réprimer à grand-peine un flot d'émotions.

— Personne ne peut compenser le mal qu'il a fait.

Claire devina un tel chagrin en lui qu'elle eut envie de

le réconforter ; mais elle préféra tout d'abord s'assurer d'une chose. Rassemblant son courage, elle demanda :

— Es-tu en train de dire que tu... *me* veux ?

— Je veux ton corps, répliqua-t-il d'un ton dur.

La petite porte qui s'était entrouverte dans le cœur de Claire se referma aussitôt.

— Je vois...

Son appétit envolé, elle posa sa serviette sur la table. Pourquoi se sentait-elle offensée ? Après tout, elle éprouvait un désir purement physique aussi, n'est-ce pas ? Eviter les relations avait été jusque-là sa façon d'échapper aux émotions qui ne manquaient pas de les accompagner, mais un regard sur le corps si viril d'Aleksy avait suffi à lui faire comprendre qu'il lui faisait un cadeau de choix : le plaisir charnel sans engagement sentimental.

Aleksy inclina la tête, un sourire amusé aux lèvres.

— Comment se fait-il qu'une femme aussi sensuelle que toi n'ait pas pris un amant plus tôt ?

Le pouls de Claire s'accéléra lorsqu'elle réalisa avec quelle facilité il avait deviné son désir. Elle allait devoir apprendre à mieux le dissimuler.

— Personne ne m'a jamais tentée, et les relations superficielles ne m'intéressent pas.

— Que veux-tu dire par là ?

— Sortir avec des hommes dans le but de chercher l'âme sœur et de trouver l'amour. Tu avais raison, je suis plus pragmatique que cela. Je n'ai bien sûr pas l'intention de vivre en recluse, mais la plupart des gens de mon âge sont dans l'extrême et changent à tout bout de champ de partenaires. Passer pour la maîtresse de Victor me semblait un juste milieu.

Songer à son ancien patron à présent qu'elle avait eu un aperçu de la douleur qu'il avait causée à Aleksy la ramena à la réalité : les relations, même celles qui semblaient inoffensives, pouvaient faire mal.

Elle aurait dû prendre cela comme un avertissement, mais la nuit précédente avait été si extraordinaire qu'elle rêvait de se retrouver dans le lit d'Aleksy.

— Tu comprends à présent les avantages d'être une véritable maîtresse, murmura-t-il avec son accent si séduisant.

Il lui prit la main, mêlant ses doigts aux siens et effleurant sa paume du pouce. Le corps entier de Claire s'enflamma sous cette douce caresse.

Comprenant qu'elle acceptait sa proposition, il hocha la tête et se leva.

— Je vais appeler mon chauffeur, tu as besoin d'une garde-robe complète avant notre départ pour Moscou.

Stupéfaite, Claire reposa sa tasse et se leva à son tour.

— Pardon ? Tu oublies que je ne peux pas entrer en Russie sans visa.

— J'ai ton passeport, Lazlo va s'en occuper.

— Tu pourrais au moins me demander mon avis !

— Je dois rentrer à Moscou et je te veux avec moi. Est-ce trop te demander ?

« Je te veux avec moi. » *Non, Claire, ne va pas t'imaginer que cela a un sens profond.*

— Je te ferais remarquer que tu ne me le demandes pas !

— En effet, je te paie pour cela.

Piquée au vif, Claire rétorqua :

— Il ne manquerait plus que je doive payer les vêtements que tu veux choisir pour moi !

Elle regretta déjà ses paroles lorsque la bouche d'Aleksy se tordit en un sourire satisfait :

— Je n'en attendais pas moins de toi !

8.

Captivée par la vue qu'offrait la large fenêtre de la chambre, Claire songea qu'un homme comme Aleksy ne pouvait venir que de Moscou, ville dont les bâtiments imposants symbolisaient à la fois le pouvoir et la stabilité.

Il y avait pourtant une douceur inattendue dans l'architecture des façades marquées par l'histoire, avec leurs porches et balcons sculptés avec soin. Aleksy lui-même dévoilait son côté sentimental dans la façon dont il avait meublé et décoré son immense penthouse, mariant avec harmonie objets d'art contemporain et meubles anciens, dans le respect du passé.

Il lui avait expliqué que l'immeuble dans lequel il habitait avait été construit pour les dirigeants soviétiques, d'où sa situation exceptionnelle sur une rive de la Moskova.

Aleksy avait d'ailleurs fait refaire tout le bâtiment, choisissant de conserver son charme authentique tout en le dotant des commodités modernes, offrant ainsi à ses compatriotes de vastes appartements de grand style au lieu de diviser les étages en petites unités qui lui auraient certainement rapporté plus d'argent mais auraient dénaturé l'ensemble.

Cette décision venant d'un homme qui semblait

impitoyable et uniquement préoccupé par ses seuls intérêts avait surpris Claire.

Une photo posée en évidence sur le manteau de la cheminée du salon, et dont le cadre élégant prouvait son importance aux yeux du propriétaire des lieux, avait tout de suite attiré l'attention de Claire. Le cliché jauni représentait un couple de jeunes mariés vêtus de façon modeste. Y voyant un air de famille, Claire en avait déduit qu'il s'agissait des parents d'Aleksy, ce qu'il lui avait confirmé d'un simple hochement de tête, la dissuadant de poser toute autre question.

Depuis leur arrivée, il avait passé le plus clair de son temps dans son bureau, conversant en plusieurs langues au son téléphone qui sonnait sans arrêt.

Un homme aussi complexe que sa ville, dans laquelle il l'avait amenée en tant que maîtresse pour un temps… « indéterminé ».

Jusqu'à ce qu'il se lasse d'elle et lui tende un chèque pour lui signifier son congé.

Frissonnant à l'idée de ce départ inévitable, elle s'éloigna de la fenêtre pour contempler les deux robes du soir posées sur le lit, cherchant laquelle serait la plus appropriée pour le ballet auquel ils devaient assister le soir même au théâtre Bolchoï.

Aleksy avait choisi pour elle des robes osées, sophistiquées, aux couleurs vives et aux imprimés audacieux qu'elle n'était pas certaine de pouvoir mettre en valeur.

— Que fais-tu là ?

— Tu m'as fait peur ! s'exclama Claire en se retournant, éprouvant comme toujours face à lui un mélange d'excitation, de timidité et d'insécurité.

Elle ne pouvait s'empêcher de réagir à la présence d'Aleksy qui, en dépit de son air sévère, était très séduisant dans un pantalon noir et une chemise d'un blanc immaculé aux manches retroussées sur ses avant-bras puissants. Claire ne cessait de se demander à quel moment il lui ferait de nouveau l'amour.

— Tu m'as dit d'être prête pour 20 heures, lui rappela-t-elle, en saisissant une des robes longues et en la tenant devant elle afin de dissimuler le léger kimono de soie qu'elle portait.

— Je me demandais ce que tu faisais dans cette pièce, précisa-t-il en jetant un coup d'œil rapide aux innombrables boîtes de couturiers et aux robes sous leurs housses protectrices. J'ai prié ma gouvernante de ranger toutes tes affaires dans ma chambre.

Claire sentit les battements de son cœur s'accélérer à l'idée de partager sa chambre, sachant toutefois qu'elle avait besoin d'un espace bien à elle afin de garder le contrôle de la situation.

— Mes bagages étant dans cette pièce, j'en ai déduit qu'il s'agissait de ma chambre, déclara-t-elle en reposant la robe sur le lit.

Déterminée à ne pas se justifier et à lui faire accepter ses conditions, elle ajouta d'un ton ferme :

— Je souhaiterais utiliser cette chambre.

— En tant que dressing-room si tu veux, mais je t'avertis que tu dormiras avec moi.

Prise de panique, elle répliqua :

— Je ne le souhaite pas.

— Pourquoi donc ?

Claire rêvait de faire de nouveau l'amour avec Aleksy, mais l'idée qu'il puisse ainsi accroître son emprise sur elle la terrorisait.

— Je…

Sans lui laisser le temps d'achever sa phrase, Aleksy referma ses bras puissants autour d'elle. Claire se tendit et pressa ses mains contre son torse.

Aleksy tira sur la serviette enroulée en turban autour

de la tête de Claire, libérant ses cheveux mouillés et, la regardant droit dans les yeux, il lui caressa le cou.

— J'ai hâte d'être à ce soir. Je me demande comment j'ai réussi à travailler alors que je ne pensais qu'à te caresser et à sentir ton corps sous le mien...

Soucieuse de ne pas se laisser séduire par les paroles d'Aleksy, Claire maintint sa pression contre son torse, mais la douce chaleur qui s'était insinuée dans son ventre vint à bout de sa résolution. Lorsqu'il approcha ses lèvres des siennes, elle enroula les bras autour de son cou et répondit avec passion à son baiser, transportée dans le monde merveilleux qu'il lui avait fait découvrir.

La sentant soudain tressaillir, Aleksy releva la tête.

— Qu'est-ce qui ne va pas ?

— Rien, murmura Claire essayant de lui dissimuler son trouble.

Les yeux d'Aleksy s'assombrirent tandis qu'il faisait lentement glisser ses mains sur le tissu soyeux, le long du dos de Claire, jusqu'à ses fesses qu'il prit en coupe.

Claire posa le front contre son torse afin de lui dissimuler les larmes qui lui montaient aux yeux et, sentant le corps d'Aleksy durcir contre son ventre, elle retint son souffle. Il la désirait, elle !

Un immense soulagement l'envahit. Au moment où elle allait lever la tête pour lui offrir ses lèvres entrouvertes, il s'écarta d'elle et saisit une robe longue bleue qu'il tint devant elle.

— Je préfère celle-là. Rejoins-moi dans le salon dans une demi-heure.

Claire resta seule, le corps brûlant de désir mais incapable de le supplier de rester.

*
* *

Tout en se préparant, Aleksy essayait de comprendre pourquoi la distance imposée par Claire l'irritait à ce point.

Après avoir résisté toute la journée, il avait fini par aller la retrouver, éprouvant le besoin de la prendre dans ses bras, le plus tendrement possible, et avait été comblé de la voir réagir avec sensualité et passion.

Lorsqu'il l'avait embrassée, elle avait entrouvert les lèvres, et il avait senti le bout de ses seins durcir contre son torse. Bien que son corps souple se soit lové contre lui, elle avait conservé une attitude distante, et il s'était senti rejeté. L'idée qu'elle ait peur de lui l'insupportait.

A Paris, elle lui avait fait comprendre qu'elle était pragmatique, et son intérêt évident pour son avenir financier l'avait assuré que les termes du contrat étaient clairs pour les deux parties.

Elle avait peut-être appris sur lui quelque chose qui la repoussait… En un regard, elle lui avait signifié qu'il ne méritait pas de la toucher, confirmant ainsi ses propres doutes…

De la limousine où une douce chaleur régnait, Claire observa les rares personnes qui se hâtaient dans les rues, emmitouflées dans de gros manteaux. Elle éprouvait depuis son arrivée une étrange fascination pour ce pays, mais savait qu'elle ne devait pas succomber à son charme, pas plus qu'à celui d'Aleksy.

La limousine s'était arrêtée, et Aleksy, très séduisant dans son smoking dont le plastron blanc faisait ressortir son teint hâlé, descendit de voiture et lui tendit la main.

Une fois sur le trottoir Claire admira, émerveillée, la fontaine gelée et l'imposante façade du théâtre devant lequel se pressait une foule de gens en tenue de soirée. C'était magnifique, un vrai conte de fées…

La tenant serrée contre lui, Aleksy s'avança vers le grand escalier. Les gens s'écartèrent devant eux pour leur céder le passage mais Claire remarqua à plusieurs reprises des regards insistants, accompagnés de commentaires discrets en russe dont elle ne comprit qu'un nom : Dmitriev.

Une fois qu'ils eurent pénétré dans le foyer, un employé débarrassa Claire de sa cape, dévoilant sa longue robe bleu vif qui découvrait une épaule. Jetant un coup d'œil admiratif sur ses douces courbes et sa taille fine moulées dans la soie moirée, Aleksy lui tendit une flûte de champagne et, après un bref échange avec l'employé, lui annonça :

— Nous avons la loge du tsar.

Un ouvreur les guida alors vers une double porte ouvrant sur un salon cossu qui communiquait avec le balcon royal.

Des fauteuils aux rideaux, tout n'était que velours rouge et or. De chaque côté se trouvaient d'autres balcons, tous séparés par des murets surmontés de chandeliers dorés. Un énorme lustre de cristal faisait miroiter les parures des femmes.

Claire prit place dans le fauteuil que lui indiqua Aleksy.

— De nos jours c'est la loge présidentielle, lui expliqua-t-il en souriant. Nous aurions pu utiliser la mienne mais comme celle-ci est vide ce soir et que je suis un entrepreneur respecté…

Il s'interrompit, haussant les épaules d'un air presque timide.

— Tu dois venir souvent si tu as ta propre loge. D'ailleurs tout le monde semble te connaître.

— *Litso so shramom.*

Son expression s'était fermée tandis qu'il répétait les mots qu'elle avait entendu prononcer sur leur passage.

— Cela veut dire « le balafré ».

Claire trouva ce surnom révoltant.

— Je passe rarement inaperçu, poursuivit-il, les dents serrées. Venir ici est le plus sûr moyen de faire courir le bruit de ma présence à Moscou.

— Aimes-tu la danse ? demanda-t-il soudain, préférant visiblement changer de sujet.

— Je n'ai jamais assisté à aucun ballet, admit-elle en baissant les yeux.

Aleksy ne s'était jusque-là jamais soucié de ses préférences. C'était la soirée la plus excitante de sa vie mais elle se rappela qu'il ne l'y avait amenée que pour se faire valoir. Elle devait arrêter de rêver !

— Cela te dérange que les gens remarquent d'abord ta cicatrice ? demanda-t-elle.

— Pourquoi ? Elle te dégoûte ?

Claire le vit passer un doigt sur la ligne discrète tout en la fixant. Elle n'avait pas besoin de mentir.

— Non, je ne la remarque pas plus que la forme de ton nez ou la couleur de tes yeux.

Elle se tut en se rendant compte qu'elle était en train d'en révéler plus qu'elle ne le souhaitait, surprise aussi d'avoir déjà mémorisé chacun de ses traits : la légère bosse sur son nez, la fossette de son menton, ses yeux en amande et la courbe de ses sourcils.

— C'est parfois un avantage, reconnut-il. Pendant que les gens la regardent, se demandant d'où elle vient, j'ai le temps de les cerner.

— Tu aimes qu'elle les rende nerveux car cela te permet de les tenir à distance.

Malgré le regard menaçant qu'il lui lança, elle était certaine d'avoir vu juste et était émue de s'être trouvé un point commun avec lui. Elle se forçait à en éprouver de la satisfaction. Que redoutait Aleksy pour tenir les gens éloignés de lui de la sorte ? Avait-il peur de s'attacher ?

— Cette cicatrice me rappelle qui je suis et d'où je

viens, Claire, une expérience que je ne te souhaite pas de faire.

La jeune femme comprit alors qu'il avait souffert profondément et se demanda s'il s'était déjà confié à quelqu'un.

Les lumières faiblirent avant qu'elle ne puisse lui poser de question. Les premières notes s'élevèrent tandis que commençait l'histoire de Petrouchka, pantin au physique ingrat amoureux d'une ballerine qui le méprise.

Aleksy détestait les conversations superficielles qu'il considérait comme une perte de temps, et Claire avait vu juste en pensant qu'il préférait tenir les gens à distance.

Même si le sujet était tabou, il avait parlé de sa cicatrice car il avait besoin de savoir si elle rebutait Claire. En effet, il éprouvait une étrange amertume à l'idée d'être si mal assorti avec elle, qu'il trouvait éblouissante…

De plus, Claire était intelligente et faisait preuve de perspicacité, ce qui le changeait de ses conquêtes habituelles. En proie à des désirs et des émotions contradictoires, il décida de se concentrer sur le moment présent, remarquant avec orgueil que le sourire radieux de Claire attirait les regards admiratifs pendant l'entracte.

Il la regarda accueillir les gens qui l'approchaient avec une chaleur sincère et commenter avec admiration les robes et parures lorsque aucun autre sujet de conversation ne se présentait. A l'inverse de ses petites amies qui affichaient un air ennuyé, voire blasé, et lui laissaient le soin de s'occuper de la conversation, Claire savait mettre les gens à l'aise. Reconnaissant soudain ses amis de longue date Grigori et Ivana Muratov, il leur fit signe de s'approcher et leur présenta sa compagne.

Après avoir pris des nouvelles de leurs filles et de

leurs petits-enfants, il se mit à discuter de politique avec Grigori.

— On vient de sonner la fin de l'entracte, dit Ivana en posant une main sur la manche de son mari afin d'interrompre sa conversation. Cette charmante jeune femme m'a parlé de la fondation qu'elle est en train de créer, et je souhaiterais l'aider. Aleksy a déjà fait une donation. Qu'en penses-tu ?

Furieux à l'idée que Claire ose manipuler ses amis, Aleksy lui lança, à leur insu, un regard noir.

— Bien sûr, excellente idée, acquiesça Grigori qui, donnant une accolade à Aleksy, lui annonça : Envoie-moi les détails.

Ils s'éloignèrent alors vers leur loge.

— Ils sont charmants, comment les connais-tu ? demanda Claire levant vers lui ses yeux candides.

Croisant son regard sévère, elle poursuivit aussitôt :

— Qu'est-ce qui ne va pas ?

Il lui saisit le bras pour la ramener dans leur loge.

— Grigori m'a offert mon premier vrai travail après que mon père a été tué, répondit-il tout en essayant de maîtriser la rage qui s'était emparée de lui.

Une fois dans le petit salon, alors que la musique s'élevait sur la scène, il la força à se tourner vers lui.

Semblant effrayée par la colère qu'elle lisait dans son regard, Claire lui rappela que la représentation venait de reprendre avant de lui demander :

— Pourquoi es-tu soudain de si mauvaise humeur ?

— C'est Van Eych qui t'a appris à profiter ainsi des situations ou s'agit-il d'un talent personnel ?

Voyant ses joues devenir cramoisies, Aleksy résista à l'envie de la prendre dans ses bras.

— Que veux-tu dire ?

— Je ne te laisserai pas profiter de la générosité de Grigori.

En lui procurant un travail, son ami, le seul à l'avoir aidé, lui avait donné la chance de sa vie, lui permettant d'offrir un toit à sa mère et de grimper dans l'échelle sociale jusqu'à sa position actuelle.

— Je ne m'attendais pas qu'Ivana propose de faire une donation, répliqua Claire, d'un ton à la fois peiné et innocent. Lorsqu'elle m'a demandé comment nous nous étions rencontrés, je lui ai parlé de la fondation.

— Qui n'existe même pas !

Claire en resta bouche bée.

— Ne me dis pas que ton cher Lazlo a omis de t'informer du mail que je lui ai envoyé aujourd'hui avec en pièce jointe le reçu pour les impôts.

Le voyant hésiter elle poursuivit :

— Crois-tu que je t'ai demandé le code wi-fi pour changer mon statut en « maîtresse d'Aleksy Dmitriev » sur les réseaux sociaux ?

— Il me suffit d'un coup de fil pour le vérifier, répondit-il, préférant ignorer son sarcasme.

— Qu'attends-tu ? s'exclama-t-elle en se dégageant.

Aleksy, pris d'un doute, sortit son téléphone.

Quelques secondes plus tard une vibration se fit entendre. Claire attendit qu'il ait lu le message.

— Comme tu lui avais dit vouloir m'en imprimer une copie si je le désirais, il en a conclu que j'étais au courant. Cette fondation existe donc.

— Qu'est-ce que tu croyais ? Je n'ai pas l'habitude de mentir.

— Je ne comprends pas, murmura-t-il, perplexe. Tu as sacrifié ta virginité pour une œuvre de charité ? Pourquoi ?

— Les gens comme moi méritent…

Elle s'interrompit, semblant lutter contre un conflit intérieur avant de changer de tactique.

— Je ne voulais pas voir tout mon travail réduit à néant. Brighter Days a besoin de soutien.

— Termine ta phrase. Que méritent les gens comme toi ?

Claire serra les mâchoires. Si elle voulait faire fonctionner la fondation elle devait apprendre à surmonter sa honte.

— D'être aidés, répondit-elle en relevant le menton.

Claire n'était pas aussi sûre d'elle qu'elle l'aurait souhaité. Elle avait toujours eu dans son enfance du mal à croire qu'elle méritait un foyer aimant capable de lui assurer une vie future, et personne ne s'était intéressé à elle. A présent adulte, elle pensait que les enfants qui se trouvaient dans son cas y avaient droit et qu'elle devait se battre pour que, contrairement à elle, ils l'obtiennent.

— De qui parles-tu ? demanda Aleksy. D'orphelins ?

— Oui.

Claire avait du mal à soutenir son regard et sentit ses jambes se mettre à trembler tandis qu'elle se demandait si son aveu allait changer l'opinion qu'il avait d'elle.

Aleksy avait compris auparavant que Claire n'avait pas de famille mais, ému par sa vulnérabilité et le manque d'affection qui semblait l'avoir marquée, il sentit son cœur se serrer.

— Quel âge avais-tu quand… ?

— Quatre ans.

Elle haussa légèrement les épaules comme pour signifier que c'était du passé mais Aleksy ne fut pas dupe.

— Mes parents ont été tués sur le coup dans un accident de voiture, et moi je m'en suis tirée avec une jambe cassée.

La sentant sur la défensive, il eut envie de la prendre dans ses bras et de la rassurer, mais ce n'était pas là un geste qui lui était familier.

— Il n'y a pas de honte à être orphelin. Moi aussi je le suis.

— Tu as perdu tes deux parents ? Pas simplement ton père ?

Craignant, en lisant de la compassion dans les yeux de Claire, qu'elle ne parvienne à lui soutirer des confidences qu'il n'était pas prêt à faire, Aleksy regretta aussitôt ses paroles.

— Que s'est-il passé ?

— J'avais quatorze ans lorsque mon père est mort et vingt quand ma mère est partie à son tour. Nous n'y sommes malheureusement pour rien si la vie nous a réservé ces moments douloureux.

L'ironie de sa réponse lui arracha un rictus. Des années plus tard, il se sentait encore responsable de la mort de son père et du chagrin de sa mère qui avait été la cause de son lent déclin. Préférant se concentrer sur le cas de Claire, il poursuivit :

— A quatre ans, un enfant est encore assez jeune pour être adopté.

— J'aurais tellement…

Voyant la gorge de Claire se serrer, Aleksy regretta aussitôt de l'avoir blessée sans le vouloir. A présent elle s'était refermée, affichant l'attitude distante qu'elle avait adoptée depuis leur première rencontre.

Lorsqu'il s'approcha d'elle pour la prendre par les épaules, elle se raidit et posa les mains sur son torse. Il interpréta son geste comme un mélange de désir et de peur : elle aimait son contact mais se protégeait. Il aurait voulu pouvoir la rassurer, lui dire qu'elle n'avait rien à craindre de lui.

— Je suis désolé, murmura-t-il en lui caressant légèrement les bras. Je n'aurais pas dû dire cela. Où as-tu vécu après, dans un orphelinat ?

— Oui, c'est le seul foyer qui m'ait apporté la stabilité dont j'avais besoin après avoir été placée en divers endroits les premières années. Et c'est la raison pour laquelle j'ai choisi de me battre. Je n'ai pas besoin de la donation de Grigori, poursuivit-elle. La somme que tu m'as donnée étant bien supérieure à ce que m'avait promis Victor, elle va nous permettre de fonctionner pendant un certain temps. Dis à ton ami que ce n'est pas nécessaire, et je te promets de ne plus mentionner la fondation. A l'avenir je dirai simplement aux gens que nous nous sommes rencontrés à Londres.

Aleksy la regarda détourner la tête, peiné de lui avoir prêté des intentions aussi vénales.

— Pourquoi ne m'as-tu rien dit ?

— En quoi cela t'aurait-il intéressé ? Nous ne nous connaissons pas suffisamment pour discuter de nos cicatrices, visibles ou pas, le défia-t-elle du haut de son orgueil blessé.

— En effet, acquiesça-t-il en proie à un mélange complexe d'émotions.

— Et c'est mieux ainsi, car je ne veux pas que tu prennes trop de place dans m… ma tête.

— Et dans ton corps ? demanda-t-il en pressant légèrement ses hanches contre elle.

Si le sexe était le seul moyen de franchir les barrières derrière lesquelles Claire se retranchait, Aleksy était décidé à lui faire l'amour sur-le-champ.

— Me veux-tu en toi ?

Claire sursauta, et le rouge lui monta aux joues tandis qu'elle balbutiait :

— Je… oui… s'il s'agit d'une relation libre de tout engagement.

Elle se mordit la lèvre, visiblement troublée, ce qui fit courir une onde brûlante dans le corps d'Aleksy.

Libre de tout engagement, pensa-t-il tandis qu'il allongeait Claire sur le divan qui se trouvait dans la loge, si excité que son corps tremblait à l'idée du plaisir qu'elle lui promettait. Il était pourtant assez lucide pour savoir qu'il ne la voulait pas seulement pour un moment d'abandon. Il voulait qu'elle se donne à lui avec une passion égale à la sienne, parce qu'elle le désirait et non pour sauver des orphelins.

— Aleksy…, haleta Claire, prise entre son désir de se laisser aller et la peur de voir quelqu'un entrer.

— Je veux tout ce que tu es prête à m'offrir, murmura-t-il tout en passant un doigt sous le bord de son décolleté, découvrant l'un de ses seins.

Lorsqu'il en prit le bout entre ses lèvres, le corps de Claire s'enflamma. Glissant les doigts dans les cheveux d'Aleksy elle essaya de l'attirer vers elle, affamée de sa bouche.

Sans la lâcher des yeux, il lui caressa la cheville, le genou et remonta lentement sous sa robe jusqu'à ce que Claire ferme les yeux et se couvre la bouche pour étouffer le cri de plaisir que provoquaient ces caresses de plus en plus précises…

— Oh ! gémit-elle au moment où Aleksy glissait un doigt dans son intimité, avant de se cambrer et de se laisser aller à un orgasme fulgurant. Viens, maintenant, j'ai envie de te sentir en moi, murmura-t-elle en soulevant les hanches pour qu'Aleksy fasse glisser son string.

S'allongeant sur elle, il s'empara de sa bouche tout en la pénétrant d'un seul coup de reins, lui laissant le temps de s'accoutumer à son membre puissant avant d'entamer un lent va-et-vient qui les entraîna tous deux dans une spirale de plaisir.

9.

En changeant de position dans le lit, Aleksy tira Claire d'un profond sommeil.

Elle avait mis du temps à s'endormir, contrariée qu'il ait pu d'abord douter de l'existence de la fondation avant de lui reprocher — ou presque — de ne pas avoir été adoptée. N'était-il pas conscient qu'elle avait passé son enfance à attendre de nouveaux parents, un couple qui voudrait bien d'elle ?

Claire avait néanmoins réussi à oublier son sentiment de solitude dans le théâtre en succombant aux délicieuses caresses d'Aleksy, éprouvant même une impression de connivence lorsque, après s'être excusé de n'avoir pas prévu de préservatif, il l'avait aidée à remettre de l'ordre dans sa tenue. L'embrassant avec tendresse, il l'avait alors entraînée vers la sortie, un bras autour de ses épaules.

Dans la voiture elle était restée silencieuse, le regard perdu dans le vide, savourant les douces sensations qui continuaient de palpiter dans son corps, une étincelle de joie brûlant au fond du cœur.

A leur arrivée dans l'appartement, Aleksy l'avait embrassée avec passion, soulevée dans ses bras et emportée dans sa chambre. Faisant fi de ses inhibitions, Claire s'était surprise à explorer timidement son corps puissant jusqu'à ce qu'il lui prodigue des caresses si expertes qu'elle avait cru succomber au plaisir avant même qu'il ne la pénètre. Il l'avait prise alors, les entraînant tous deux dans une telle extase qu'elle s'était endormie, épuisée, contre lui.

Le regardant, abandonné à côté d'elle, une jambe posée sur elle, Claire décida d'attendre qu'il se réveille et… lui fasse de nouveau l'amour.

Un sourire se dessinait sur ses lèvres à cette idée lorsqu'elle entendit soudain Aleksy s'agiter, prononçant quelques mots en russe. Craignant qu'il ne soit en train de faire un cauchemar, elle lui caressa la joue mais il lui attrapa le poignet d'un geste si brusque qu'elle cria :

— Aleksy !

Celui-ci se réveilla en sursaut, sans toutefois desserrer son étreinte.

— Claire… ?

— Oui, répondit-elle en tentant de libérer son poignet. A quoi rêvais-tu ?

— Je t'ai fait mal ?

Sans même attendre sa réponse, il ajouta :

— Attends, je vais chercher de la glace.

— Non, ce n'est rien.

Elle posa une main rassurante sur son torse.

— Tu es en sueur, as-tu fait un cauchemar ?

— Non.

— C'est peut-être parce que j'étais là. Je vais m'en aller…

Comme il ne protestait pas, elle sentit son cœur se serrer, regrettant d'avoir cherché à lui faire avouer qu'il avait besoin d'elle. C'était stupide.

Refoulant les larmes qui lui montaient aux yeux, elle enfila son peignoir et partit dans la chambre qu'elle avait réclamée.

Incapable de retrouver le sommeil loin de la douce chaleur du corps d'Aleksy, de son odeur si virile, elle se remémora leur soirée. Du bout des lèvres, Aleksy lui avait dévoilé le rôle de Grigori après la mort de son père, et son intuition lui souffla que cette histoire avait un lien avec sa cicatrice.

L'envie l'effleura de retourner le voir pour le réconforter et lui poser quelques questions, mais elle se rappela le caractère temporaire de leur relation : en s'impliquant trop, elle risquait de souffrir au moment où elle devrait le quitter. Elle avait déjà du mal à être séparée de lui par quelques cloisons !

Non, mieux valait rester seule, puisque c'est ainsi qu'elle envisageait de passer le reste de sa vie.

Le regard perdu sur le fleuve gelé, Aleksy était encore troublé par le cauchemar qu'il avait fait, et la voix angoissée de Claire criant son nom.

Entendant un léger bruit de pas derrière lui, il sut aussitôt qu'il s'agissait d'elle.

Il hésita à se retourner, inquiet de la réaction de Claire. Cette nuit, il avait tant baissé sa garde que son subconscient s'était manifesté. Gêné, il avait décidé de partir avant qu'elle ne revienne mais un des légendaires embouteillages de Moscou avait retardé son chauffeur.

Faisant demi-tour, Aleksy aperçut Claire au milieu du salon, déjà prête, les cheveux fraîchement lavés mais les yeux entourés de larges cernes. N'avait-elle pas plus dormi que lui ou s'agissait-il d'autre chose ?

— Bonjour, annonça-t-il d'un ton que son angoisse rendait sévère.

— Bonjour. Tu sors ? demanda-t-elle en voyant son pardessus ouvert sur un costume anthracite et son cartable posé à ses pieds.

La voir si maîtresse d'elle-même ne fit que raviver les craintes d'Aleksy. Avait-il dit quelque chose de révélateur dans son sommeil ? Etait-ce la raison pour laquelle elle était partie dans l'autre chambre ? Que pensait-elle de lui ?

— On m'attend au bureau. Je suis désolé pour la nuit dernière.

— Ne t'inquiète pas. J'avais besoin d'être seule.

Aleksy se retint de lui demander pourquoi, encore frustré qu'elle ait quitté son lit. Il était surpris d'éprouver un tel plaisir à dormir avec elle, lui qui n'acceptait jamais de passer la nuit avec ses maîtresses. Il l'avait même longuement regardée, abandonnée au sommeil.

Il devenait possessif… et devait se rappeler sans cesse que la présence de Claire n'était que temporaire.

— Les invitations vont pleuvoir après la soirée d'hier, déclara-t-il en ramassant son cartable et en priant pour que son chauffeur arrive vite. Je t'appellerai pour te dire où nous allons et à quelle heure tu dois être prête. J'ai des comptes ouverts dans les boutiques de la rue Tverskaya. Yvan reviendra après m'avoir déposé et pourra t'emmener faire du shopping ou, si tu préfères, je peux demander à Lazlo de t'organiser une visite guidée de Moscou.

Estimant qu'elle n'avait besoin de rien après les achats réalisés à Paris et encore peinée qu'il ne l'ait pas retenue cette nuit, Claire pensa que marcher dans les rues enneigées serait le meilleur moyen de chasser ses idées noires.

— Inutile, je préfère découvrir la ville à pied au gré de mon humeur.

— Tu n'as tout de même pas l'intention de te promener seule ?

— Avec un plan je ne risque pas de me perdre.

— Ce n'est pas prudent.

— Rappelle-toi que j'ai vécu cinq ans seule à Londres.

— Moscou est différente, Claire, les kidnappings sont fréquents…

— Qui donc voudrait m'enlever ? demanda-t-elle avec un petit rire qui sonna faux. Je n'ai même pas de famille pour payer une éventuelle rançon.

— Les paparazzis t'ont photographiée avec moi hier soir au Bolchoï. Je ne sous-estime jamais ce que les gens sont capables de faire pour de l'argent.

La réponse d'Aleksy avait fusé et, ses joues s'étant colorées sous l'émotion, sa cicatrice ressortait encore davantage. Claire fut alors certaine qu'elle ne résultait pas d'un simple accident mais d'un événement bien plus violent.

Instinctivement, elle s'avança vers lui puis, se hissant sur la pointe des pieds, prit son visage en coupe et approcha ses lèvres de sa cicatrice.

— Qu'est-ce qui te prend ? s'exclama-t-il en rejetant la tête en arrière.

Claire se figea, regrettant aussitôt d'être sortie de sa réserve.

— Je voulais te remercier de t'occuper de moi ! se força-t-elle à répondre non sans ironie.

— Tu vas rester à la maison alors ou dois-je demander à Lazlo de t'escorter ? demanda-t-il en se dirigeant vers la porte.

Claire pensa qu'il serait si facile de renoncer à son autonomie et de laisser cet homme incroyablement séduisant s'immiscer dans sa vie. Mais, certaine que leur relation prendrait fin tôt ou tard, elle devait conserver son indépendance.

— Je n'ai pas de compte à te rendre. Je sortirai si j'en ai envie.

— Sans te soucier du risque encouru ! répliqua-t-il d'un ton sec trahissant sa colère.

— Il ne faut pas exagérer ! s'exclama-t-elle, déterminée à camper sur ses positions. Et je n'ai pas plus que toi l'habitude de demander l'autorisation avant de faire quelque chose.

— Donne-moi juste ta parole.

— Je ne veux pas mentir.

Aleksy reposa son cartable avec un soupir impatient. Comme son mobile sonnait, il répondit sèchement en russe avant d'abandonner l'appareil sur une commode et d'enlever son pardessus.

— Que se passe-t-il ?

— Puisque tu ne veux pas rester à la maison je n'ai pas le choix, décréta-t-il en ôtant sa cravate.

Claire recula de plusieurs pas en le voyant s'avancer vers elle.

— Que veux-tu dire ? Tu comptes m'attacher ?

— Pour l'instant je vais me changer afin de t'accompagner. Pour ce qui est de t'attacher, nous verrons ça ce soir…

Décidée à ne pas se laisser culpabiliser par la mauvaise humeur d'Aleksy, Claire consulta la météo. Le ciel était d'un bleu intense, le soleil brillait sur la neige qui recouvrait les toits de Moscou et on annonçait un vent du nord, aussi enfila-t-elle sur son jean moulant des bottes fourrées assorties à un blouson de cuir et à une casquette à la Gavroche qu'elle avait achetée dans une boutique du Faubourg Saint-Honoré à Paris. Aleksy l'attendait dans le salon, vêtu d'un manteau en peau retournée et d'après-ski.

Avant de quitter l'appartement, elle mit un point d'honneur à étudier le plan de la ville, notant le nom des rues comme elle l'aurait fait si Aleksy ne l'avait pas accompagnée.

— Tu as prévu de me semer en route ? demanda-t-il comme ils sortaient de l'immeuble.

— Bien sûr que non, mais j'aime savoir où je vais.

— Qu'as-tu envie de visiter ?

— J'aimerais juste me promener pour découvrir la ville.

— Parfait, je te suis.

L'air glacé fouetta le visage de Claire dès qu'elle eut mis un pied sur le trottoir. Ils s'éloignèrent d'un pas rapide en direction de la Moskova, ne s'arrêtant que vingt minutes plus tard afin d'admirer le fleuve du haut d'un pont.

Tandis qu'elle s'extasiait sur le Kremlin, Aleksy sortit un baume pour les lèvres de sa poche et le lui tendit.

Après en avoir enduit sa bouche elle le lui rendit et, le voyant le passer à son tour sur ses lèvres, ressentit un léger picotement dans le ventre.

— Merci, je vois que tu es équipé pour affronter le froid.

— Ce tube est dans ma poche depuis mon dernier séjour à la montagne.

— Tu skies souvent ?

— Lorsque je vais inspecter mon complexe hôtelier.

— Ah ! Il se trouve en Russie ?

— Non, au Canada, c'est un complexe très sélect que l'on ne peut atteindre qu'en hélicoptère, un excellent investissement.

— J'aurais dû m'en douter.

Aleksy n'achetait pas parce qu'il aimait : il investissait. Comme il l'avait certainement fait avec elle… Vexée, elle reprit sa marche, le laissant lui emboîter le pas, consciente des regards surpris des gens qui de toute évidence le reconnaissaient.

— J'ai vu sur Internet que tu commençais à investir

dans les infrastructures routières et les transports, quels sont tes autres domaines d'action ?

Surpris qu'elle ait fait des recherches sur lui, il répondit :

— Le commerce du bois surtout, mais aussi l'immobilier, diverses industries et un chantier naval.

Le voyant froncer les sourcils, Claire demanda :

— Ce dernier n'est pas rentable ?

— Bien au contraire, répliqua Aleksy avec une visible fierté.

— Alors pourquoi cet air soucieux ? C'est parce que je te tiens éloigné de ton bureau ?

En fait, Aleksy se sentait désarmé car il ne comprenait pas l'effet que cette ravissante blonde à la tenue élégante et à l'adorable casquette avait sur lui. Son regard pénétrant et son désir manifeste de deviner ses pensées l'incitaient à garder ses distances.

— Je pensais à un dossier qui m'attend, prétendit-il.

Il la vit serrer les lèvres et détourner les yeux avant de s'éloigner en silence.

Il était désolé de l'avoir de nouveau blessée, mais il voulait seulement l'empêcher de lui poser d'autres questions. En réalité, Aleksy ne savait pas ce qu'il aurait fait de particulier dans son bureau, car sa stratégie avait toujours été de s'entourer d'employés capables de gérer ses affaires afin de n'avoir qu'à les superviser, toucher les dividendes et imaginer de nouveaux défis. Chaque nouvelle entreprise avait jusque-là été un pas vers la reprise de Van Eych mais à présent qu'il avait atteint son but, tout lui semblait vain. Même s'il se savait à l'abri du besoin jusqu'à la fin de ses jours, sa fortune ne lui procurait pas la satisfaction et la paix escomptées : il était toujours dévoré par le remords…

Un flash lui fit soudain tourner la tête. Le photographe qui, il eut le temps de remarquer, avait l'air miséreux et n'était même pas suffisamment habillé contre le froid déguerpit avant qu'Aleksy ne puisse le montrer à Claire et lui dire : « Tu vois ? Ce type était probablement planqué en bas de notre immeuble et n'a pas dû nous lâcher… »

Inquiet, il suivit l'homme des yeux tout en prévoyant de faire augmenter l'effectif de sa sécurité personnelle. D'ordinaire, il importait peu à un paparazzi d'être vu par sa cible, ce qui rendait celui-ci suspect. Aussitôt, Aleksy eut l'impression d'avoir la poitrine serrée dans un étau.

La main de Claire s'accrochant à sa manche le tira de ses pensées sombres. Son expression émerveillée le fit sourire.

— Regarde… J'ai des visions ou bien il s'agit d'un ours ?

Levant les yeux vers Aleksy, Claire remarqua dans son regard une expression presque douloureuse, mais l'instant suivant elle avait disparu, remplacée par un petit sourire.

— La *Maslenitsa*, répondit-il.

— Qu'est-ce que c'est ?

— Le carnaval orthodoxe destiné à fêter l'arrivée du printemps, comme Mardi gras mais avec des batailles de boules de neige, des promenades en troïka, les incontournables blinis et parfois même des ours.

— Qu'est-ce qui pourrait faire penser que le printemps est arrivé ?

Riant doucement, Aleksy lui prit la main, héla un traîneau tiré par trois chevaux, la fit monter et la serra contre lui. Le conducteur leur donna une couverture de fourrure et expliqua à Claire, dans un anglais très correct, le déroulement du festival qui, bien que d'origine païenne, était associé au carême. Lorsqu'elle manifesta son intérêt pour les combats contre les ours, le vieil homme fit un clin d'œil à Aleksy :

— Ce n'est pas pour vous, *malyutka*, les combats

sont destinés aux hommes qui n'ont que la vodka pour leur tenir chaud.

Avant de monter dans le traîneau, il alla chercher une assiette de blinis, petites crêpes rondes recouvertes de champignons, de beurre et de crème aigre, qu'il tendit à Claire.

— C'est délicieux mais je ne peux pas manger tout ça, protesta-t-elle en riant après quelques bouchées. Tu ne veux pas m'aider ?

— Non merci, répondit Aleksy en levant la main, je ne peux pas.

— Pourquoi ?

— J'en ai trop mangé dans mon enfance. Donne le reste au chien si tu ne veux pas finir.

Suivant son regard, Claire aperçut un berger allemand léchant une assiette sous l'œil indifférent de son maître. Elle tendit alors la sienne au vieil homme tout en pensant à la remarque précédente d'Aleksy.

Le traîneau s'ébranla et, après être passé sous une arche, pénétra dans le parc des sculptures de glace où anges, châteaux et créatures mythiques brillaient sous le soleil.

— Tu ne mangeais pas des blinis que pour le carême lorsque tu étais petit, n'est-ce pas ? demanda-t-elle d'un ton nonchalant tout en portant son appareil photo à ses yeux.

— Non, nous les mangions pour survivre.

— Tu ne travaillais pas encore pour Grigori, alors ?

— Il n'était pas question que je travaille, ma mère ne voulait pas que j'abandonne le lycée.

— J'ai du mal à t'imaginer acceptant des ordres, même de ta mère.

— J'aurais tout fait pour elle mais ne pouvais lui offrir ce qu'elle voulait par-dessus tout : lui rendre mon père. Grigori m'a engagé six mois avant la fin de mes études, et j'ai pu au moins mettre autre chose que des crêpes sur la table avant qu'elle ne disparaisse brutalement.

— Que s'est-il passé ?

— Ma mère s'est suicidée. Elle se savait malade mais n'a pas voulu se soigner. J'aurais fait *n'importe quoi* pour l'aider mais elle ne voulait pas être un poids pour moi et rêvait de rejoindre mon père.

— Elle devait l'adorer.

— La mort de mon père l'a brisée, dit-il, le regard dans le vague. Je ne supportais pas de la voir si malheureuse car je me sentais…

Il s'arrêta net et, revenant à la réalité, regarda autour de lui.

Claire aurait voulu qu'il finisse sa phrase. Devinant que pour surmonter sa souffrance, il devait affronter le souvenir de ce moment particulièrement cruel, elle l'encouragea en posant une main sur son bras.

— Je suis certaine que tu as fait tout ton possible pour la soutenir. Tu n'es pas responsable de ce qui s'est produit.

— Qui d'autre alors ? répliqua-t-il, amer.

Claire ne sut pourquoi un nom lui vint aussitôt aux lèvres :

— Victor ?

— *Chto* ? demanda-t-il en lui lançant un regard noir.

— Est-ce que Victor…

Depuis que la presse avait commencé à révéler les agissements de Victor, ses victimes sortaient de l'ombre. Claire avait toujours en tête la phrase d'Aleksy sur la mort de son père et connaissait sa profonde haine envers son ancien patron : son imagination était peut-être trop fertile mais… ?

— Victor avait-il quelque chose à voir avec la mort de ton père ? demanda-t-elle en se raidissant, consciente de s'aventurer en terrain dangereux.

Elle vit passer sur le visage d'Aleksy une myriade d'émotions : frustration, hostilité et… remords ?

— Je ne peux pas le prouver.

Elle se figea, soudain glacée de savoir que ses soupçons étaient fondés. Il n'était pas étonnant qu'il la méprise d'avoir accepté la générosité de l'homme qu'il croyait responsable de la mort de son père.

Une fois terminée la promenade en traîneau, ils rentrèrent lentement à pied, chacun absorbé dans ses pensées.

— Tu n'as pas eu trop froid ? demanda Aleksy une fois dans l'appartement.

— Si, répondit Claire, osant à peine le regarder. Je crois que je vais prendre un bain chaud. Marcher n'était peut-être pas une si bonne idée.

Comme il ne répondait pas, elle poursuivit :

— Tu peux aller à ton bureau, si tu veux. Je te promets de ne pas ressortir.

— Tu es encore là ?

Aleksy sursauta en entendant Claire. Vêtue d'un pantalon de yoga et d'un long pull de cachemire bleu qui moulaient son corps menu, elle était attendrissante. Il s'était inquiété de la voir si pâle à leur retour de promenade, ce qui l'avait perturbé car d'ordinaire il ne se souciait guère de ses compagnes. Il avait craint qu'elle n'ait pas supporté ce froid polaire auquel elle n'était pas habituée.

— Que fais-tu chargée de la sorte ? demanda-t-il en se levant pour lui prendre l'ordinateur et les dossiers qu'elle tenait dans ses bras.

— J'avais l'intention de travailler pour la fondation ici mais si tu préfères je peux aller dans une autre pièce…

— Non, tu peux rester ici.

Comme Aleksy posait le portable de Claire sur le bureau, il se raidit en apercevant le logo de la compagnie avec les initiales VVE.

Même mort, cet homme était toujours présent !

— Il… me l'avait donné pour travailler puis m'avait dit de le garder, balbutia Claire en suivant son regard. Je m'en débarrasserai dès que j'aurai sauvegardé mes documents. Je suis désolée, je n'avais pas réalisé que Victor avait une responsabilité dans la mort de ton père.

Aleksy tenta d'ignorer les excuses de Claire, regrettant de s'être laissé aller à lui parler du chagrin de sa mère après la disparition de son mari et du rôle de Victor dans cette tragédie familiale. Réalisant soudain que la haine farouche qui l'avait accompagné toutes ces années était en train de s'atténuer grâce à Claire, il pensa alors qu'elle commençait à prendre trop d'importance dans sa vie.

L'entendant soupirer, il comprit qu'elle interprétait son silence comme une critique envers elle.

— Disons que nous nous sommes rencontrés grâce à lui, c'est tout.

— Comment peux-tu dire cela alors qu'il est évident que tu me méprises pour avoir été proche de lui ?

Claire avait vu juste. Aleksy sentit la colère monter en lui à l'idée que cette fille intelligente et généreuse ait pu se laisser manipuler par un tel monstre.

— Je l'admets. J'aimerais comprendre comment tu as pu le laisser t'approcher, sans voir qui il était réellement.

Un inexplicable sentiment de jalousie s'empara de lui lorsqu'il ajouta :

— Tu aurais pu…

Il s'arrêta aussitôt, le cœur battant à tout rompre, retenant de justesse le mot « attendre ».

Qui, lui ? Il n'avait aucun droit sur elle.

— J'étais naïve.

— Et tu l'es encore, rétorqua-t-il, furieux.

Il était irrité de ressentir le besoin de la protéger, en particulier de lui-même ! S'il avait eu le courage de terminer son récit lors de leur promenade en traîneau, il aurait avoué sa responsabilité dans la mort de son père car ce dernier s'était interposé dans un combat que lui-même avait initié, et qui s'était achevé avec deux morts — trois si l'on incluait sa mère…

Il continuait de chercher en Claire une raison de la détester afin de soulager sa conscience, mais ne trouvait que la preuve qu'il avait profité d'une innocente. Il en eut la certitude absolue lorsqu'elle reprit la parole :

— Avec lui je me sentais spéciale, pour la première fois de ma vie, admit Claire d'une toute petite voix.

Elle hésita un instant avant de poursuivre.

— L'orphelinat avait un accord avec l'école voisine : si notre comportement était irréprochable, nous avions le droit de suivre les cours et de demander ensuite une bourse afin de continuer nos études. Je n'ai jamais pu l'obtenir car mon niveau n'était pas suffisant et je me sentais en outre rejetée par les autres enfants qui ne m'invitaient jamais, se moquaient de mes vêtements d'occasion et me faisaient remarquer à tout moment que je ne faisais pas partie de leur monde.

Claire faillit s'interrompre tant ces souvenirs étaient douloureux mais, après avoir pris une profonde inspiration, elle poursuivit :

— A mon arrivée à Londres, j'ai dû cumuler trois emplois différents afin d'arriver à payer mon loyer. Même si j'en avais eu envie je n'aurais jamais eu le temps ni l'énergie de sortir. C'est alors que j'ai rencontré Victor qui avait besoin de moi et m'a valorisée. Pour la première fois de ma vie quelqu'un m'avait remarquée, et je me sentais importante. Même au bureau mes collègues me regardaient différemment.

Cet aveu avait un goût amer. Bien qu'étant consciente

de ses limites, Claire avait été heureuse de donner une fausse impression d'elle. C'était pathétique…

Faisant appel au peu de courage qui lui restait, elle poursuivit :

— Victor m'a donné ce que je n'avais jamais eu : de l'attention, de l'argent pour m'acheter des vêtements neufs et prendre soin de moi mais surtout, il avait promis de soutenir la fondation.

— Moi aussi je l'ai fait. Est-ce que tu t'es sentie spéciale avec moi ?

— Je réalise que je ne suis pour toi qu'une maîtresse parmi d'autres et ne m'attends pas que tu me traites différemment.

— Tu devrais, répliqua-t-il avec véhémence, car tu es une femme remarquable. Tu n'aurais jamais dû te vendre à des ordures telles que Van Eych…

Il étouffa presque la fin de sa phrase :

— … ou moi.

— Avec toi ce n'est pas pareil, dit-elle en faisant un pas vers lui et en posant une main sur son bras, ce que tu éveilles en moi…

Claire sentit les muscles d'Aleksy se contracter sous ses doigts comme s'il souhaitait la rejeter, mais son regard rivé sur sa bouche l'incita à poursuivre.

S'il lui avait été difficile de parler de son enfance, elle trouva encore plus ardu d'avouer la terrible attirance qu'elle éprouvait pour lui.

— Je… Ce que tu éveilles en moi n'a rien à voir avec le besoin de reconnaissance d'une adolescente. Je me sens bien avec toi, et j'adore tes caresses…

— N'importe quel homme pourrait te faire ressentir cela.

Elle lui lança un regard irrité et retira sa main.

— Je n'ai jamais éprouvé cette sensation auparavant.

— Tu n'as pas eu d'autre expérience…

— Parce que je n'en avais pas envie ! Tu es spécial pour moi, et je te désire tout le temps.

— C'est la même chose en ce qui me concerne, et je ne comprends pas pourquoi.

— Vraiment ?

Elle se reprocha d'avoir posé la question, quémandant une confirmation qu'elle avait tant besoin d'entendre.

— Tu vois bien l'effet que tu me fais.

— Comment le saurais-je ? Tu n'as pas voulu que je reste avec toi la nuit dernière, ni que je t'embrasse ce matin.

Les yeux d'Aleksy brillèrent d'un désir soudain.

— Embrasse-moi maintenant, tout de suite et partout où tu voudras, sauf là.

Il indiqua du doigt sa cicatrice.

10.

— Maintenant… ? demanda Claire, stupéfaite, sous le regard de défi d'Aleksy.

Elle se sentait si maladroite ! Lorsqu'il lui faisait l'amour, elle savait au moins qu'il la désirait, mais prendre l'initiative lui semblait impossible.

— Les hommes aiment qu'on les séduise, répondit-il tout en s'asseyant au bord du bureau. Je ne suis pas différent.

Elle avait d'abord pensé seulement l'embrasser, mais, se souvenant de la manière dont il s'était occupé d'elle lorsqu'elle l'avait supplié de ralentir son rythme, elle faillit regretter d'avoir provoqué cette situation. Craignant de ne pas parvenir à éveiller son désir, elle lança avec un petit rire :

— Comme si tu étais capable de laisser le contrôle à quiconque !

— Tu pourrais me convaincre de le faire.

Claire sentit son cœur s'emballer.

— Comment ?

— Essaie…

Sa confiance affichée intimida Claire. Jusque-là, elle s'était laissée aller avec Aleksy, impressionnée par son expérience, mais l'idée de le séduire éveilla en elle un désir brutal.

Encouragée par l'intensité de son regard, elle fit un pas vers lui, observant sa large poitrine qui se soulevait à présent plus rapidement au rythme de sa respiration. Se plaçant entre ses jambes écartées, elle posa les mains contre son torse, les fit remonter vers son cou et glissa les doigts dans ses cheveux.

Elle se dressa sur la pointe des pieds, s'attendant qu'il referme les bras autour d'elle, l'embrasse et l'entraîne dans sa chambre, mais il se contenta de la regarder, impassible.

Persuadée de l'avoir déçu, elle reposait les talons au sol, frôlant son corps, lorsqu'elle crut sentir une pression contre son ventre…

Baissant les yeux sur le jean d'Aleksy qui moulait l'ampleur de son désir, elle tendit une main hésitante pour en tracer le contour et sentit son érection grandir.

Elle l'avait à peine touché !

Réalisant qu'il était peut-être aussi excité qu'elle à l'idée de se savoir désiré, elle s'arma de courage, leva vers lui ses yeux brillants puis, après s'être humectée les lèvres, déclara :

— Je veux t'embrasser…

Aleksy, le souffle soudain court, parut se retenir de l'attirer vers lui et, crispant les doigts sur le bord du bureau, l'encouragea d'un hochement de tête.

Le cœur battant, Claire posa ses lèvres sur les siennes et, sentant son érection contre son ventre, glissa sa langue dans sa bouche.

Aleksy répondait avec ardeur à son baiser. Elle se cambra, près de s'abandonner, mais il la prit par les hanches et se redressa.

— N'as-tu pas l'intention de continuer cela dans la chambre ?

Surprise, Claire gémit. Elle avait pensé qu'Aleksy

voudrait reprendre le contrôle de la situation, mais il semblait déterminé à la laisser mener le jeu.

Désemparée, elle chercha à comprendre ce qu'il attendait d'elle, scrutant son visage à la recherche d'un indice, mais remarqua seulement que sa respiration s'était accélérée.

Elle comprit alors qu'il l'avait arrêtée parce qu'il avait du mal à maîtriser son désir et souhaitait ralentir le rythme afin de faire durer le plaisir.

Une sensation grisante de pouvoir mêlée de tendresse s'empara d'elle et, avec une confiance toute nouvelle, elle défit la braguette de son jean.

— Je n'ai pas de préservatif, la prévint-il.

— Tu n'en as pas besoin.

Aleksy savait qu'il aurait dû arrêter ce petit jeu avant de ne plus pouvoir se contrôler mais il avait trop envie de voir jusqu'où Claire serait capable d'aller. Un désir brûlant le consumait.

Il tendit les mains vers ses petits seins fermes pour en caresser les pointes et les sentir se dresser sous ses doigts mais elle lui saisit les poignets.

— Pas encore, murmura-t-elle, tu risquerais de me distraire, et je veux te donner autant de plaisir que tu m'en as offert.

Le corps en feu, Aleksy eut envie de reprendre le contrôle, mais la lueur brillant dans les yeux d'azur de Claire l'en dissuada.

— Je veux embrasser tes seins, dit-il.

Il faillit gagner : les pupilles de Claire se dilatèrent, la pression sur ses poignets s'accentua tandis que son corps se tendait vers lui.

— Non, murmura-t-elle au dernier moment. Pas encore. Je veux d'abord te caresser.

Joignant le geste à la parole, elle attrapa l'ourlet du pull d'Aleksy.

Ce dernier, étrangement heureux de voir Claire prendre l'initiative, leva les bras, fermant les yeux comme le doux lainage passait sur son visage, avant de sentir ses lèvres sur son torse.

Il retint un râle tandis que ses tétons durcissaient douloureusement et que son érection prenait de l'ampleur. Les mains de Claire couraient sur sa poitrine avec une inexpérience qu'il trouva délicieuse, puis descendirent le long de son ventre et, lui écartant légèrement les hanches du bureau, firent glisser son jean accompagné de son boxer, jusqu'à ses chevilles. Il s'agrippa au bureau pour se retenir de la toucher et de l'embrasser. Lui, conquérant par nature et nécessité, se retrouvait esclave…

Claire s'agenouilla entre ses jambes.

Bien que devinant ce qu'elle allait faire, Aleksy sursauta au contact de ses doigts, sentant aussitôt son érection s'épanouir dans sa main. Alors qu'il hésitait entre protester et la supplier, il laissa échapper un râle au moment où elle emprisonna son membre entre ses lèvres.

Il éprouvait un tel désir d'être en elle qu'il lui prit la tête entre les mains et l'aida à se relever.

— Tu n'aimes pas ?

— Si, mais j'ai trop envie de venir en toi, de te faire l'amour.

Il eut du mal à reconnaître sa propre voix, à la fois rauque et tendre, ainsi que les émotions complexes qui faisaient rage en lui. Soudain, faire l'amour prenait un sens beaucoup plus profond que la simple satisfaction d'un désir physique. Voyant les yeux de Claire briller de plaisir, il l'enlaça tendrement et s'empara de ses lèvres. Un doux gémissement le récompensant il la souleva, l'emporta dans sa chambre où, après avoir pris un préservatif dans le tiroir de la table de nuit, il lui arracha son pantalon de yoga et son string de dentelle, tandis qu'elle enlevait son pull. S'allongeant sur elle, il posa une main sur son intimité, la trouvant si humide et si prête pour lui qu'il s'enfonça en elle d'une poussée triomphante.

Elle était sienne, encore et encore.

11.

Aleksy se persuadait qu'il prolongeait leur relation pour le bien de Claire, sous prétexte de lui offrir l'opportunité d'explorer sa nature sensuelle et de la gâter de toutes les manières possibles. Mais en réalité, il la trouvait unique. Il estimait que son attitude n'avait rien d'égoïste car personne n'avait jusque-là cherché à la rendre heureuse.

Il se souvint du jour où, sa gouvernante étant malade, Claire lui avait préparé le petit déjeuner. En la regardant évoluer dans la cuisine, sa courte nuisette dévoilant ses cuisses nues, il avait éprouvé un désir si brutal qu'il l'avait assise à califourchon sur lui : ils avaient joué, retardant sans cesse leur jouissance, se rendant mutuellement fous de désir jusqu'au moment où, d'un geste de la main, il avait balayé leurs couverts. Il l'avait prise à même la table, leur offrant en plusieurs coups de reins puissants un orgasme simultané.

Ils étaient ensuite restés un long moment l'un contre l'autre, épuisés et silencieux avant qu'il ne la ramène dans son lit où elle s'était endormie, la tête sur sa poitrine, tandis qu'il sommeillait en se reprochant d'avoir été trop excité pour penser à utiliser un préservatif.

Essayait-il de la lier à lui à jamais ?

Il n'avait pas jugé bon de le mentionner lorsqu'elle

s'était réveillée mais, plus tard dans la journée, elle l'avait timidement informé de ne pas s'inquiéter d'une éventuelle grossesse. Elle ne pouvait tomber enceinte à cette période, et ils devraient laisser de côté leurs ébats pendant quelques jours.

Il avait mis sa déception sur le compte de l'abstinence, et avait été très heureux de reprendre leur routine, ce matin-là. Une ombre flottait cependant sur sa félicité : il éprouvait toujours un sentiment de culpabilité.

Plus il connaissait Claire, plus il prenait conscience de la manière honteuse dont il avait profité d'elle. Il aurait dû la laisser partir, mais la voir perdre petit à petit sa réserve et s'épanouir comme une fleur sous ses caresses était un enchantement. Ne l'avait-elle pas comblé au petit matin en murmurant, lovée contre lui, à quel point faire l'amour avec lui lui avait manqué ? Comment aurait-il pu renoncer à de tels réveils ?

Incapable de mettre de l'ordre dans ses pensées, Aleksy abandonna l'idée de travailler. Bien qu'étant arrivé dans son bureau seulement une heure plus tôt, il se prépara à rentrer chez lui pour la surprendre.

Sachant par Lazlo que l'anniversaire de Claire était proche, Aleksy avait demandé à la jeune femme comment elle voulait le célébrer. Elle s'était troublée, rejetant cette idée, avant de lui avouer qu'anniversaires et Noëls avaient toujours été pour elle source de tristesse et de frustration.

Décidé à y remédier il avait prévu de passer chez le bijoutier le plus renommé de Moscou, puis d'emmener Claire déjeuner dans un célèbre restaurant situé au sommet d'une haute tour et offrant une vue panoramique sur la ville. Il était fou d'excitation à l'idée de lui faire une surprise.

Tandis qu'il déambulait dans la boutique, passant en revue bracelets et pendentifs, il se souvint de son père dépensant des trésors d'ingéniosité afin de rassembler assez d'argent pour acheter un objet que sa mère convoitait, une machine à coudre une fois, et même une paire de boucles d'oreilles en or à l'occasion d'un de leurs anniversaires de mariage. Voir la surprise et la joie de sa femme l'avait comblé de bonheur.

C'était exactement ce qu'Aleksy voulait faire pour Claire.

Il espérait seulement qu'elle ne se ferait pas d'illusions car même s'il le souhaitait de toutes ses forces, il ne pouvait la garder à ses côtés pour toujours...

Décidant de passer outre ses inquiétudes et de profiter du moment présent, il jeta son dévolu sur un collier de saphirs aux différentes teintes de bleu, aussi scintillant que les yeux de la jeune femme lorsqu'elle riait. Il aimait tant provoquer son sourire, la voir heureuse !

Et il s'y employa tout au long de l'agréable déjeuner pendant lequel elle chercha à pratiquer le peu de russe qu'elle avait appris. Ravi de voir l'intérêt qu'elle portait à Moscou, il lui raconta certains événements historiques marquants et quelques anecdotes. Grâce à elle, il voyait sa ville et son pays avec des yeux nouveaux, et ceux de Claire s'écarquillèrent d'admiration lorsqu'elle ouvrit son cadeau.

— Aleksy, c'est magnifique ! Tu as fait une folie, murmura-t-elle tandis qu'une larme roulait sur sa joue.

Elle se leva et se pencha par-dessus la table pour l'embrasser.

— J'ai percé ton secret maintenant, tu sais, annonça-t-elle en lui adressant un sourire radieux.

Le cœur d'Aleksy fit un bond dans sa poitrine.

— De quoi parles-tu ?

— Bien que tu essaies faire croire le contraire, tu es un homme romantique.

— Pourrions-nous garder cela entre nous ? demanda-t-il d'un ton léger, ne souhaitant pas gâcher son bonheur.

— Bien sûr, répliqua-t-elle, un sourire énigmatique aux lèvres. J'aime en savoir plus sur toi que les autres.

Aleksy ne put s'empêcher de penser à cette remarque pendant qu'on leur servait le café. Claire avait-elle découvert le pot aux roses sur Internet ? Il se souvint que le chef de son service de sécurité l'avait averti quelques jours auparavant de la présence de journalistes devant son immeuble ainsi que d'un nombre inhabituel de voitures suspectes garées autour de chez lui. La situation s'étant par la suite normalisée, Aleksy décida de se calmer : son secret était a priori encore bien gardé.

En sortant de l'immeuble, il comprit pourtant trop tard que les paparazzis étaient là pour eux et non pour les célébrités déjeunant au même endroit.

Cris, flashs et bousculades lui semblèrent encore plus pénibles à présent qu'il devait protéger Claire. Il la serra contre lui, conscient qu'elle se raidissait en entendant les questions posées en russe mais aussi en anglais.

« Aleksy ! Etes-vous coupable de meurtre ? »

Après leur soirée au Bolchoï et la remarque d'Aleksy concernant les paparazzis, Claire avait pris l'habitude de lire les commentaires que faisaient les journalistes sur chacune de leurs sorties. Il lui était arrivé d'apercevoir un objectif braqué sur eux, mais la plupart du temps elle n'apprenait qu'ils avaient été surveillés qu'en découvrant les photos sur son ordinateur.

Etre traquée à son insu la mettait mal à l'aise mais jusqu'à présent, elle s'était sentie davantage inquiétée par le sourire béat qu'elle affichait sur presque tous les clichés. Au temps pour son prétendu détachement !

Comment, cependant, aurait-elle pu rester de marbre

alors qu'Aleksy passait de plus en plus de temps avec elle et — chose plus précieuse que le somptueux collier qu'il venait de lui offrir — faisait preuve d'une extrême prévenance à son égard, suggérant que le lien qui les unissait n'était pas uniquement physique ?

Encore sous le charme, Claire laissa Aleksy l'entraîner sur le trottoir à travers la foule qui se pressait autour d'eux. S'abritant contre son grand corps rassurant, elle tenta de saisir au passage ce que les gens disaient.

Elle réalisa vite qu'elle en comprenait plus qu'elle ne l'aurait cru en reconnaissant le nom de son ancien patron.

— Etiez-vous au courant des investigations privées ?

— On vous accuse d'avoir provoqué la mort de Van Eych, qu'avez-vous à dire pour votre défense ?

— Vous avez déjà été arrêté une fois pour meurtre. Etiez-vous coupable ?

Quelques secondes suffirent à dissiper son bonheur.

Ils avaient tant bien que mal réussi à se frayer un chemin parmi les journalistes, et Aleksy fit entrer Claire à l'arrière de la limousine et donna l'ordre à Yvan de les ramener à l'appartement. Après s'être essuyé le front et avoir desserré sa cravate, il passa plusieurs coups de téléphone en russe.

Claire l'observait du coin de l'œil, incapable d'oublier ce qu'elle avait entendu.

Un meurtre ?

Sentant soudain la peur la gagner, elle se demanda qui était réellement cet homme auquel elle s'était attachée, qui savait se montrer doux, aimable et généreux mais qui, elle ne l'oubliait pas, avait été si dur et méprisant lors de leur première entrevue. Etait-il capable de meurtre ?

Son cœur refusait cette hypothèse, mais l'expression résignée qu'elle lisait sur le visage d'Aleksy n'était pas celle d'une personne que l'on vient d'accuser à tort.

— Fais tes bagages, nous partons pour Saint-Pétersbourg,

annonça-t-il une fois à l'intérieur de l'appartement. L'atmosphère risque d'être houleuse ici pendant un certain temps.

— Toi et moi ? demanda-t-elle le cœur battant, incapable de poser la question qui lui brûlait les lèvres : « Est-ce vrai ? »

— Tu ne rentres pas à Londres, si c'est ce à quoi tu pensais.

Si elle n'avait pas été témoin de ces accusations, lui aurait-il expliqué la raison de leur départ de Moscou ou lui aurait-il présenté ce voyage comme une escapade romantique ? Aurait-elle été assez naïve pour le croire ?

— Tu peux aller préparer tes bagages.

Effrayée par ce ton hostile, Claire se sentit soudain très seule. Mais elle s'efforça de répondre d'une voix calme :

— J'ai besoin de savoir ce qui s'est passé, Aleksy.

— Je t'ai déjà expliqué que certaines personnes étaient prêtes à tout pour gagner de l'argent.

— Même à mentir ?

Je t'en prie, dis-moi que ce ne sont que des mensonges…

— Bien sûr, mais dans ce cas il s'agit d'une vérité qui aurait dû rester cachée.

Foudroyée, Claire sentit son ventre et sa gorge se nouer puis se mit à trembler tandis qu'un mot résonnait dans sa tête : *Fuis !*

Alors qu'elle regardait la porte, évaluant ses chances, Aleksy tendit une main vers elle :

— Tu viens avec moi, Claire, que tu le veuilles ou non. Tu n'as nulle part où aller, il est hors de question que je laisse les journalistes te traquer.

— Mais je ne te toucherai pas, ajouta-t-il d'un ton amer.

Stupéfaite de le sentir si protecteur, Claire eut cependant le sentiment d'être rejetée. Une fois de plus.

— Les gardes bloquent toutes les issues de l'immeuble, alors fais ce que je te demande. Je n'ai nul besoin de l'humiliation supplémentaire de devoir te forcer à monter dans l'hélicoptère.

Aleksy partit dans sa chambre tandis que ses paroles résonnaient encore dans la tête de Claire. Comment pouvait-elle lui infliger une « humiliation supplémentaire » ? Voulait-il dire qu'elle avait le pouvoir de le blesser en plus de la souffrance qu'il éprouvait déjà ?

Claire resta un long moment comme pétrifiée avant que la réalité ne s'impose à elle : ce n'était pas d'Aleksy dont elle avait peur, mais d'elle-même.

Elle avait accordé sa confiance à un homme qui venait d'avouer un meurtre.

12.

Claire avait déjà entendu parler des datchas russes et savait qu'il s'agissait de maisons de vacances rustiques, restant souvent dans une même famille pendant des générations et situées assez loin des villes pour offrir à leurs propriétaires un environnement sauvage.

Depuis Moscou, ils n'avaient survolé que des forêts, une distraction trop dérisoire pour l'aider à surmonter son trouble, jusqu'à ce qu'elle aperçoive un palais entouré d'un immense parc où les fontaines étaient arrêtées, et les canaux gelés. Ils approchaient de Saint-Pétersbourg, cet endroit si beau que même les tsars l'avaient choisi pour en faire la capitale du pays.

Le ciel était couvert, et des flocons commençaient à virevolter lorsqu'ils atterrirent dans la propriété d'Aleksy, où la couche de neige fraîche offrait un spectacle féerique. Claire eut l'impression d'arriver dans un havre de paix.

En voyant les jeunes arbres fruitiers plantés tout autour de cette charmante demeure, elle réalisa avec surprise que la datcha était en fait très récente. Construite sur deux étages, de style traditionnel avec une galerie circulaire, des fenêtres aux volets travaillés, de jolis pignons ainsi qu'une tourelle romantique, elle semblait chaleureuse et accueillante malgré ses dimensions respectables. Claire n'aurait jamais imaginé qu'Aleksy puisse avoir acheté ou fait construire une telle maison.

Tandis que l'hélicoptère repartait déjà, soulevant un nuage de poudre blanche, Aleksy passa la main sous l'une des poutres du porche.

— L'agent immobilier m'a expliqué où était cachée la clé.

L'ayant trouvée à l'endroit indiqué, il ouvrit la porte.

L'intérieur, décoré avec goût et sobriété, sentait la peinture, le bois fraîchement coupé, et dégageait une atmosphère masculine chaleureuse.

Charmée par ce début prometteur, Claire dut faire un effort pour se rappeler les raisons de sa présence et l'identité de son compagnon, car elle avait laissé son libre arbitre et sa logique derrière elle à Moscou, dans cet appartement devenu la cible des téléobjectifs. Elle préférait de loin affronter ce loup solitaire ici plutôt que la horde de coyotes qui campaient là-bas devant sa porte.

Malgré ses doutes initiaux, elle se sentit étrangement à l'aise et en sécurité dans cette maison qu'Aleksy semblait découvrir en même temps qu'elle. Au rez-de-chaussée, un grand salon donnait sur le parc, et une salle à manger dotée d'une immense table jouxtait la cuisine. Entre les deux, un escalier menait à l'étage. Sur le palier, Claire aperçut un charmant cabinet de toilette pourvu d'une vasque ancienne en marbre noir. En admirant les ravissantes chambres avec leurs fenêtres aux boiseries sculptées, Claire ne put s'empêcher de les imaginer encombrées de chevaux à bascule, de circuits électriques et de berceaux de poupées.

Aleksy rêvait-il de fonder un jour une famille ? se demanda-t-elle avec un petit serrement de cœur.

Elle le suivit en silence tandis qu'il passait toutes les pièces en revue, s'arrêtant sur le seuil de la chambre de maître.

Remarquant son hésitation, Aleksy s'empressa de faire un commentaire sur la couleur du couvre-lit et l'aménagement du dressing.

— Qu'en penses-tu ? demanda-t-il.

— C'est magnifique. Est-ce que cette maison t'appartient ? On dirait que tu ne l'as jamais vue, ajouta-t-elle, pensant soudain qu'il avait aussi bien pu la louer pour s'y réfugier.

— Oui, elle est à moi.

Aleksy recherchait des signes d'approbation de la part de Claire, sans toutefois savoir pourquoi. Il ne s'agissait pour lui que d'une propriété, et même s'il était à présent persuadé que Claire n'attachait pas une grande importance aux biens matériels, il souhaitait qu'elle apprécie sa maison.

Puisqu'il n'y avait aucune chance pour qu'elle éprouve autre chose que de la répulsion à son égard, il était important à ses yeux qu'elle aime au moins ce qu'il avait créé.

A Moscou, Claire avait failli venir à bout de ses défenses en lui demandant de s'expliquer, mais il s'était repris à temps, choisissant de lui cacher les détails sordides de son passé. Il aurait préféré qu'ils se quittent avant qu'elle n'apprenne la vérité et souffrait à présent de voir qu'elle avait peur de lui et que son attitude à son égard avait changé.

La femme qui, la veille encore, lui prodiguait sourires et caresses, le regardait depuis avec froideur et méfiance.

— Est-ce toi qui en as fait les plans ? demanda-t-elle, le ramenant à la réalité.

— D'une certaine façon, oui.

En posant sa veste sur le lit, l'image des cheveux blonds de Claire épars sur l'oreiller et de son corps à la peau de pêche étendu sur le couvre-lit bleu s'imposa à son esprit, mais il la chassa aussitôt. Il avait promis de ne pas la toucher.

— Après leur mariage, mes parents ont vécu dans des logements très vétustes appartenant aux exploitations forestières pour lesquelles mon père travaillait. Bien que ma mère ne se soit jamais plainte, il a investi dès qu'il a pu dans son propre commerce de bois et voulait lui faire construire une maison. J'ai utilisé son plan comme point de départ.

Claire le regarda alors avec un petit sourire triste qui lui noua l'estomac.

— Tu m'étonnes toujours lorsque tu es sentimental.

— Moi ?

Ce mot le fit réfléchir et voir soudain la maison sous un autre angle. Il l'avait fait construire au départ dans l'idée de venir s'y reposer après avoir anéanti Van Eych, mais peut-être était-ce plutôt une façon de faire revivre ses parents.

— Je suppose que je manquais d'imagination, avança-t-il pour essayer de cacher son trouble.

Lorsqu'il lui fit signe de se retourner afin de l'aider à enlever son manteau, elle pivota avec une coquetterie dont elle n'avait plus fait montre depuis le premier jour.

En le devinant dans son dos, Claire se tendit et dut s'éclaircir la voix avant de dire :

— T'entourer de souvenirs familiers n'est pas un manque d'imagination.

Son doux parfum enveloppa Aleksy, qui pensa avec nostalgie à leurs étreintes partagées. Essayant de se concentrer sur leur conversation afin de dissiper le désir qui montait en lui, il l'aida à retirer son manteau.

— Essayer de faire perdurer le passé est ridicule.

— Non ! s'exclama Claire en faisant volte-face, ses cheveux effleurant les doigts d'Aleksy.

— Les quelques bibelots qui me viennent de mes

parents, poursuivit-elle, plus sereine, ne me permettent pas de leur rendre un tel hommage. Puisque tu chéris l'amour qui unissait tes parents, avoir essayé de le reconstruire dans ta maison n'a rien de ridicule. Je donnerais tout ce que j'ai pour avoir une maison remplie d'amour.

Comment aurait-il pu lui expliquer que cet amour avait à présent disparu de cette maison et qu'il en avait l'entière responsabilité ? Il serra les dents à en avoir mal aux mâchoires.

Quelle erreur, pensa-t-il, *d'avoir pu m'imaginer être à l'abri dans cet endroit !*

— Je vais chercher les bagages et faire un feu, lança-t-il en passant devant elle.

Claire aurait pu s'enfuir. Elle était quasiment certaine qu'Aleksy ne l'en aurait pas empêchée. Emmitouflée dans son manteau, son passeport et sa carte de crédit cachés dans ses poches, elle avait franchi le porche et pataugeait dans la neige.

Tout était silencieux et tranquille. Les rayons du soleil déclinant illuminaient le tapis blanc entourant la maison. Au lieu de se frayer un chemin jusqu'à la route, elle se rapprocha d'une voûte formée par des arbres dont les branches nues pendaient autour d'elle comme des fils d'argent.

Tandis qu'elle contemplait le paysage, elle imagina une femme qui lui ressemblait, mais avec les cheveux plus foncés. Debout derrière la fenêtre, elle regardait une voiture se garer et disait : « Viens, mon trésor. Papa est rentré. »

L'image disparut soudain comme par enchantement.

Claire essuya la neige sur ses joues et ferma les yeux. Cela s'était réellement produit ? Pourquoi maintenant ? Qu'est-ce que cela voulait dire ?

Rien, bien sûr. Son imagination fantaisiste lui avait joué un tour. Elle éprouva cependant l'envie de se précipiter vers Aleksy pour lui raconter qu'elle s'était souvenue de sa mère.

Non, il valait mieux qu'elle brave le froid et s'éloigne de lui ! Mais pourquoi ? Il ne lui avait jamais fait mal, ou, du moins, pas délibérément. Il avait peut-être eu des paroles un peu trop directes et franches, mais avait toujours maîtrisé sa force avec elle. Chaque fois qu'il découvrait le moindre bleu après l'une de leurs étreintes passionnées, il y apposait ses lèvres en s'excusant. Elle ne l'imaginait pas se transformant en maniaque décidé à la blesser.

Bien au contraire. C'est lui qui, suivant son code de l'honneur, s'était éloigné d'elle avant qu'elle ne le rejette. Elle ne pouvait l'en blâmer, et cela lui donnait envie de le connaître davantage plutôt que de fuir.

Transie, elle décida de rentrer, posant les pieds dans ses propres empreintes de pas de façon à ne pas souiller le tapis de neige immaculée. Elle secoua ses bottes contre les marches du porche arrière afin de les débarrasser de la neige avant de pénétrer dans la cuisine, grelottante.

Aleksy était en train de se servir un verre de vodka. Il l'avala d'un trait avant de lui demander d'une voix mal assurée :

— Tu as fini de faire ton bonhomme de neige ?

— Es-tu ivre ? demanda-t-elle, abasourdie.

— Les Russes ne le sont jamais.

Il remplit de nouveau son verre avant de reboucher la bouteille et la mettre dans le congélateur.

— Ils boivent de la vodka pour s'endurcir.

Il attrapa alors une boîte de cacao sur la table, en versa une cuillerée dans une tasse et y ajouta de l'eau bouillante. Avant de la lui tendre, il y vida la moitié du contenu de son verre.

— Cela t'aidera à te réchauffer. Tu n'es pas habituée à un tel froid.

Claire ôta ses bottes et suspendit son manteau. La tasse de chocolat brûlant lui réchauffa immédiatement les mains.

— Si tu as faim, je peux te faire de la soupe.

— Tout à l'heure peut-être, répondit-elle, attendrie de le voir s'occuper de tâches domestiques.

Bien différent des hommes *durs* auxquels il venait de faire allusion.

Aleksy s'appuya contre le réfrigérateur en lui lançant un regard si pénétrant qu'elle sentit ses mains se mettre à trembler.

— Je t'ai regardée par la fenêtre. J'attendais de voir si tu allais t'échapper. Tu avais l'air d'une petite fille avec la neige t'arrivant jusqu'aux genoux.

— Je voulais juste me dégourdir les jambes, prétendit-elle.

Il huma son verre et y fit danser le liquide transparent.

— Quand j'étais jeune, avant d'avoir de la barbe et une cicatrice, je pensais que chaque fille qui franchissait le seuil de ma maison m'était acquise.

— Tu veux me faire croire que les femmes ne se sont plus jetées à tes pieds depuis ?

Oubliant l'alcool qu'Aleksy avait versé dans sa tasse, elle but une gorgée de chocolat, et sentit aussitôt une vague de chaleur l'envahir.

— Les jeunes filles étaient différentes. Elles voulaient, comme toi, se marier et fonder une famille.

— Je l'ai peut-être voulu lorsque j'avais douze ans, répondit-elle en détournant les yeux, mais plus à présent.

Encore un mensonge… Elle finit son cacao, savourant la chaleur intense qui se diffusa de nouveau dans son corps.

— La vie se charge de nous rendre réalistes, ajouta-t-elle, se souvenant de ses rêves d'adolescente et de ses premiers chagrins d'amour.

Aleksy esquissa une grimace.

— Tu m'as dit de ne pas avoir honte d'être sentimental. Tu ne devrais pas l'être non plus, Claire. Moi aussi je rêvais de me marier un jour avec une de ces jeunes filles, mais je voulais faire fortune avant.

— Etais-tu amoureux de l'une d'elles ?

En posant cette question, Claire sentit son cœur se serrer.

— Non, mais j'étais à l'époque suffisamment arrogant pour être fier qu'elles tombent amoureuses de moi, en attendant de choisir celle que j'aimerais à mon tour.

Claire essaya d'oublier que personne ne l'avait jamais choisie et poursuivit :

— Qu'est-ce qui t'a fait changer d'avis ? Le chagrin de ta mère ?

La vodka se diffusait dans ses veines, elle ressentit un élan de tendresse pour Aleksy. Elle comprenait la peine qu'il avait dû éprouver en voyant sa mère perdre goût à la vie après la mort de son mari.

Elle regarda alors sa tasse en fronçant les sourcils. L'alcool ne lui réussissait pas et l'empêchait de réunir toutes les pièces du puzzle.

Aleksy, le regard plongé dans son verre lui aussi, gardait le silence.

Claire regarda ses larges épaules, qui semblaient ployer sous un poids terrible. En le voyant seul, inconsolable, elle éprouva l'envie de passer ses bras autour de sa taille et d'appuyer sa tête contre sa poitrine.

— Aleksy…

— Oui, voir le chagrin de ma mère m'a ôté toutes mes illusions, avoua-t-il. C'est moi qui ai détruit le bonheur qu'elle avait enfin trouvé.

— Pourquoi « enfin » ? N'avait-elle pas toujours été heureuse avec ton père ?

— Bien sûr que si, mais ils avaient travaillé dur pour y arriver, comme tout le monde en Russie. Lorsque mon père a organisé la coopérative pour acheter son commerce, il savait que cela ne représentait qu'une chance pour le futur, pas plus. Il a dû trimer pour chaque pomme de terre que nous avons mangée. Dire que ma mère avait enfin de l'espoir aurait été plus approprié.

Aleksy prit une profonde inspiration avant de poursuivre d'une voix dure :

— La corruption s'est alors malheureusement répandue en Russie, et un homme a essayé d'obliger mon père à vendre ses parts. Devant son refus, il l'a harcelé pendant des mois.

Claire ferma les yeux tandis que son sang se glaçait.

— Victor…

— Non, un homme qui était à sa solde. Lazlo a pu rassembler les preuves et va bientôt les rendre publiques. Sachant ce qui les attend, l'un des fils de Victor a essayé de me discréditer en révélant mon passé mais tout retombera sur sa famille une fois que la vérité aura été rétablie. Je ne pense pas que cela t'affecte personnellement, ajouta-t-il d'un ton dénué d'émotion.

De toute façon, il la renverrait bientôt à Londres, imagina Claire en frissonnant.

— Quel était le rôle exact de Victor dans cette histoire ? demanda-t-elle, anxieuse d'apprendre la vérité mais ressentant le besoin de la connaître avant de devoir quitter Aleksy.

— Un homme a mis le feu à notre maison en pleine nuit.

Claire mit la main devant sa bouche pour étouffer un cri.

— Pendant que vous dormiez ? Et ton père…

— Nous avons réussi à échapper aux flammes et sommes sortis en courant. Le sbire de Victor était encore là. Mon père m'a supplié de ne pas le poursuivre mais j'en avais déjà trop vu. Je me suis jeté sur lui et n'ai pas vu son couteau...

Aleksy leva la main vers son visage avec une expression de rage mêlée de douleur.

— Oh ! Aleksy, s'écria Claire, terrifiée.

Elle aurait voulu s'élancer vers lui pour le réconforter mais elle le sentait trop vulnérable.

— Tu n'étais qu'un adolescent.

Les morceaux du puzzle s'imbriquaient à présent, formant un tableau tragique, insupportable.

— Un enfant fougueux dans un corps d'homme. Je serais mort sans l'intervention de mon père. Il a donné sa vie pour sauver la mienne.

Il avala sa vodka d'un trait et posa brusquement le verre vide sur la table avant de poursuivre d'une voix à peine audible :

— Bien que je n'en aie pas le moindre souvenir, le rapport de police dit que j'ai ensuite tué notre agresseur.

— Ils t'ont arrêté ? Quelle injustice !

— Un crime avait été commis.

Il se retourna vers le congélateur pour y prendre la bouteille.

— Grâce à mon jeune âge, nous avons pu plaider la légitime défense.

Un incendie criminel avait détruit une famille et failli coûter la vie d'Aleksy. Les larmes aux yeux, Claire pensa qu'elle ne l'aurait alors jamais connu.

Tout cela à cause d'un homme à qui elle avait accordé sa confiance... Elle sentit la nausée monter en elle.

Elle comprit alors qu'Aleksy ne la choisirait jamais, elle, pour vivre avec lui, car sa relation avec Victor s'interposerait toujours entre eux.

— Je suis désolée, je n'aurais jamais imaginé que Victor puisse avoir fait quelque chose d'aussi horrible.

Rongée par le remords, Claire avala une nouvelle gorgée de cacao, mais sentant l'alcool lui brouiller l'esprit, elle repoussa la tasse.

— Et que dire de ce que *moi*, j'ai fait ? Je ne vaux pas mieux que le mercenaire qui a tué mon père.

— Tu t'es battu pour sauver ta vie !

— Je n'aurais jamais dû intervenir. J'ai provoqué la mort de mon père et détruit la vie de ma mère.

Claire secoua la tête. Voilà pourquoi Aleksy s'était isolé, il pensait qu'il était un monstre.

— Tu n'es pas responsable.

— Si, ces images ne cessent de me hanter.

— Tu n'as rien à te reprocher, Aleksy. C'est Victor qui est à l'origine de cette tragédie, pas toi.

— Arrête ! s'écria-t-il en s'avançant vers elle. J'ai vu la façon dont tu me regardais lorsque tu as réalisé ce que j'avais fait et je sais ce que tu penses de moi.

— Non ! se défendit-elle, j'étais sous le choc car je ne m'attendais pas à cela et tu ne m'avais pas expliqué ce qui s'était passé. Comment aurais-je pu penser…

— Cela n'avait rien d'inattendu, ça crève les yeux ! s'exclama-t-il en montrant sa cicatrice. Il suffit d'un regard pour savoir quel genre d'homme je suis. Tu aurais dû fuir le jour où tu m'as rencontré.

— Tu ne m'en as pas laissé la possibilité, si mes souvenirs sont bons, rétorqua-t-elle, piquée au vif.

— C'est exact, admit-il avec un petit rire amer, je suis comme ça.

Prenant la bouteille de vodka et son verre, il sortit de la cuisine et se dirigea vers le salon.

13.

— Tu vois bien que je ne pars pas en courant pourtant ! lança Claire en lui emboîtant le pas.

A bout de patience Aleksy serra les poings. Ne se rendait-elle pas compte qu'il avait les nerfs à vif ? Sans même se retourner, il rétorqua :

— J'imagine que tu ne saurais pas où aller. Tu peux appeler Lazlo, si tu veux, il te trouvera une voiture et un hôtel.

— Je n'ai pas peur de toi, Aleksy Dmitriev !

A l'inverse, elle le terrifiait. Il posa doucement la bouteille et le verre sur une table basse et lui fit face :

— Tu devrais.

— Pourquoi ? As-tu l'intention de me faire mal ?

Aleksy tourna la tête. Non, il en était bien sûr incapable, mais ne pouvait pas la laisser fouiller dans son passé et raviver ses blessures.

— Laisse tomber, Claire.

— Tu n'es pas un monstre, Aleksy. Tu es un homme d'honneur, généreux et sensible.

— Qu'essaies-tu de faire ? Te persuader que j'avais le droit de te toucher ? J'ai pris ta virginité, et t'ai achetée parce que je voulais te mettre dans mon lit.

— Ce n'est pas vrai ! Il ne s'agissait pas que de sexe, n'est-ce pas ?

Aleksy l'imagina nue devant le feu, les bouts de ses seins dressés sous ses baisers, offerte…

— Du sexe exceptionnel, admit-il avec un pincement au cœur car il savait que cela ne se reproduirait plus jamais.

— Pourquoi préfères-tu alors aller te coucher avec une bouteille plutôt qu'avec moi ? le provoqua-t-elle, rouge de colère.

Elle avait l'effronterie de se tenir si près de lui qu'il sentait son souffle chocolaté sur son visage.

— En ce moment même, tu pourrais essayer de faire abstraction de ton passé et chercher à me séduire. Tu sais que tu n'aurais pas beaucoup de mal à y arriver, alors pourquoi n'essaies-tu pas ?

Avant même de pouvoir s'en empêcher, Aleksy avait saisi Claire par les bras, son corps frêle déclenchant de nouveau chez lui cet instinct de protection plus fort que la menace qui le poussait à la rejeter.

— Ne t'imagine pas que je n'essaie pas, grommela-t-il, je n'ai pas plus envie que toi d'arrêter.

Claire se contenta de le défier en relevant le menton.

Il scruta alors son visage, mais se retrouva les yeux rivés sur sa bouche. Claire frissonna tandis que l'atmosphère se chargeait d'électricité.

— Dis-moi d'arrêter, murmura-t-il contre ses lèvres humides.

Il devina sa bouche près de former les mots mais elle ferma les yeux et pressa sa bouche ouverte sur la sienne.

Elle sentait la neige, le chocolat et la vodka, chaud et froid mêlés. Bien qu'il ne soit pas fier d'avoir étalé sa honte et son chagrin devant elle, il l'attira contre lui.

Claire émit alors un doux gémissement qui enflamma les sens d'Aleksy. Il la poussa contre le mur, une main dans son cou et l'autre sur la douce courbe de ses hanches, et sentit les doigts de Claire se promener dans ses cheveux et sa langue caresser la sienne, lui offrant un baiser qu'il aurait été incapable d'interrompre même si la maison s'était écroulée sur eux. Ouvrant en tâtonnant la fermeture Eclair du jean de Claire, il le fit glisser le long de ses cuisses puis la souleva pour qu'elle puisse l'ôter et enrouler ses jambes autour de lui. Il voulait être en elle.

Alors qu'il tentait de libérer son érection, Claire glissa les doigts dans ses cheveux et interrompit leur baiser en murmurant :

— Tu mets un préservatif ?

Bien qu'elle ait seulement posé la question, il hésita, réalisant qu'il ne pouvait pas courir de risque alors que leur relation n'avait pas d'avenir.

A l'agonie, il lâcha Claire.

— Qu'est-ce que tu as ? demanda-t-elle, déconcertée.

— Laisse-moi seul, Claire.

Aleksy s'éloigna d'elle en rajustant sa tenue, ouvrit la porte donnant sur l'arrière de la maison et sortit dans la nuit froide et noire, pareille à ses pensées.

Bien que désespérée d'avoir été rejetée, Claire réalisa que sa question l'avait sans doute blessé et ne réussit pas à trouver le sommeil.

Jusque-là, c'était toujours elle qui s'était sentie victime du mépris ou de la critique d'autrui ; or, elle venait d'infliger la même blessure à Aleksy, bien qu'il lui ait fait suffisamment confiance pour s'ouvrir à elle. C'était affreux.

Les yeux ouverts dans le noir, elle se repassait les images du moment où, à Moscou, elle avait appris la vérité sur son passé. « J'ai vu la façon dont tu me regardais… je sais ce que tu penses de moi. » Elle l'avait laissé tomber alors qu'il se sentait humilié et rejeté par tout le monde.

Elle aurait peut-être dû, dès le début, deviner que la cicatrice d'Aleksy n'était pas une simple blessure, mais la marque indélébile d'une violente agression, même si elle avait d'instinct compris qu'une profonde souffrance se cachait derrière.

Peut-être aussi que, en partageant autre chose que du sexe, elle aurait pu établir avec lui une relation de confiance ! Aleksy avait pourtant été clair en affirmant qu'elle n'était rien de plus que sa dernière maîtresse mais elle n'avait pas voulu l'entendre.

Claire ferma les yeux. En plus du désir inassouvi qui la torturait, elle éprouvait une cruelle déception et avait peur. Etait-ce l'honneur qui avait arrêté Aleksy ou bien l'absence de désir ? Il avait pourtant eu l'air aussi excité qu'elle mais s'était éloigné en l'entendant parler de protection. Elle avait agi par simple honnêteté, ne pouvant supporter l'idée de lui tendre un piège. Bien sûr, s'ils avaient été mariés, elle aurait aimé…

Claire s'assit dans le lit, tremblant de tous ses membres. Comment pouvait-elle avoir de telles pensées alors qu'elle n'avait jamais songé à se marier ?

Si ! Elle enlaça ses genoux, essayant d'assimiler cette révélation. Des années de déni venaient de voler en éclats tandis qu'une image s'imposait à son esprit : Aleksy et elle, entourés d'enfants, dans cette maison remplie d'amour et de rires.

Elle était en train de tomber amoureuse de lui, et le fait de savoir qu'il ne ressentait pour elle rien d'autre que du désir était insupportable. Elle se souvint de ses paroles à Paris : « Je ne suis pas du genre à me marier. » Elle voulait croire qu'il ne s'agissait que d'une provocation, mais même dans ce cas il n'y avait aucune garantie qu'il ait envie un jour de l'épouser. Chaque moment de tendresse et d'attention dont il avait fait preuve envers elle avait été un prélude au sexe. Il ne voulait que son corps, pas elle, et ne la choisirait jamais.

Réprimant un sanglot, elle se rallongea, essayant de chasser ses idées noires. En vain.

Epuisée par le voyage et l'afflux d'émotions, elle finit pourtant par sombrer dans un profond sommeil et se réveilla lorsqu'un soleil radieux illumina sa chambre. En entrant dans la cuisine, elle sentit l'arôme du café et constata que la veste et les bottes d'Aleksy avaient disparu. Jetant un coup d'œil par la fenêtre, elle l'aperçut en train de dégager la neige de l'allée.

Pendant les jours qui suivirent, lorsque Aleksy n'était pas dans son bureau en train de téléphoner, il passait son temps dehors, dans le froid. Claire essayait de s'occuper l'esprit en organisant l'inauguration de Brighter Days mais Aleksy accaparait ses pensées. Chaque fois qu'elle le croisait il lui donnait l'impression d'être épuisé, comme s'il n'avait pas dormi. Visiblement, les investigations des médias le tourmentaient. Elle aurait aimé pouvoir faire quelque chose pour l'aider, mais il ne semblait pas disposé à partager quoi que ce soit avec elle, ce qui la peinait encore davantage.

Elle se demandait combien de temps elle allait encore pouvoir supporter cette situation lorsque la sonnerie de son mobile retentit.

Etonnée d'entendre la voix de Lazlo, elle posa la seule question pouvant justifier cet appel :

— Voulez-vous parler à Aleksy ? Il est à l'étage.

— Inutile de le déranger, je sais qu'il est en téléconférence pour l'instant. C'est avec vous que je voulais m'entretenir, mademoiselle Daniels, au sujet de la déclaration de presse concernant votre contribution à nos recherches.

— Je n'ai joué aucun rôle, l'interrompit-elle.

Lazlo marqua une pause avant de poursuivre :

— Il se trouve que l'agenda que vous aviez gardé, avec la liste de tous les rendez-vous de Victor Van Eych, nous a été très utile.

— Oh !

Claire s'assit sur une marche.

— Nous allons déclarer que, bien que n'ayant pas eu connaissance du détournement des fonds d'investissement, vous couriez le risque que certains associés essaient de se venger. Cela justifiera votre présence auprès de M. Dmitriev depuis le rachat.

Voyant la pièce se mettre à tourner, Claire se réjouit d'être assise.

— Mademoiselle Daniels ?

La voix de Lazlo semblait très lointaine.

— Oui, répondit-elle, faisant un effort surhumain pour ne pas se mettre à pleurer.

— Cela mettra fin à toutes les rumeurs concernant votre supposée relation et vous permettra d'être tranquille à l'avenir.

— Lorsque je serai seule, vous voulez dire ? Si je comprends bien, ma présence ici n'est plus justifiée.

— Exact, dit-il sans l'ombre d'une hésitation. Je vous demande juste de répondre à toute question ou demande d'interview que vous n'avez le droit de divulguer aucune information jusqu'à la fin du procès.

Claire fut soudain prise de nausée et se mit à trembler.

— Quand dois-je partir ?

— La conférence de presse prévue cet après-midi devrait calmer la tempête médiatique. Vous pouvez donc partir dès que vous le souhaitez, j'ai tout organisé.

Lazlo faisait sans doute référence à un appartement, à un travail, ainsi qu'aux cinquante mille livres.

— Avez-vous des questions, mademoiselle Daniels ?

— Aucune.

— Parfait.

Un sentiment de honte envahit Claire à l'idée d'être congédiée de la sorte, mais elle se sentait surtout humiliée de ne même plus être la maîtresse d'Aleksy.

14.

Aleksy émergea de son bureau avec un nœud à l'estomac et une envie accrue de voir Claire, dont la présence tranquille et réconfortante lui avait permis d'affronter cette terrible semaine pendant laquelle on l'avait assailli d'accusations et de questions douloureuses. Chaque fois qu'il s'était senti épuisé et sur le point de perdre courage, le fait de surprendre Claire en train de sortir des gâteaux du four, d'écouter de vieux disques de rock ou de faire la sieste devant la cheminée l'avait aidé à surmonter cette épreuve.

Il lui avait proposé de faire venir une aide pour le ménage et la cuisine mais lui avait été reconnaissant de son refus : il ne voulait personne autour de lui. Il s'était même préparé à renvoyer Claire chez elle, et avait demandé à Lazlo d'organiser son retour à Londres afin d'être seul pour soigner ses blessures, mais à présent qu'il n'avait plus rien à lui cacher…

Accaparé par cette pensée, il entra dans la cuisine.

Claire connaissait son pire secret et pourtant, elle était toujours là. Pendant cette interminable semaine, sa présence chaleureuse et discrète l'avait réconforté, lui permettant de cesser d'accorder de l'importance aux réactions des autres.

Son âme, depuis si longtemps à l'agonie, avait

commencé à revivre. Lorsqu'il vit la table dressée pour eux deux, une pensée étonnante s'imposa à lui : Claire commençait à faire partie de sa vie.

— Que se passe-t-il ? demanda celle-ci, voyant sa mine sombre.

— Rien, répondit-il tout en pensant qu'il aurait pu lui retourner la question.

Bien que Claire, occupée à préparer une salade, fasse son possible pour dissimuler son visage derrière ses cheveux lâchés, Aleksy remarqua qu'elle était pâle et tendue.

— Tu dois en avoir assez d'être enfermée toute la journée ici, dit-il. Nous pourrions aller dîner en ville ce soir, qu'en penses-tu ?

Décontenancée, Claire laissa échapper le petit huilier ancien qui se brisa sur le carrelage.

— Ne bouge pas, lança-t-il aussitôt. Je m'en occupe.

Quelques instants plus tard, ils prirent place autour de la table.

— Je suis désolée, dit-elle, je le trouvais très beau.

— Ne t'inquiète pas, on en achètera un autre.

Aleksy ne comprenait pas pourquoi Claire avait les lèvres serrées et les yeux brillants.

— Tu sais, j'apprécie énormément tout ce que tu as fait depuis que nous sommes arrivés ici, dit-il, essayant de la réconforter. Mon intention était de te mettre à l'abri, pas de te laisser faire le ménage ou la cuisine.

Claire se contenta de le fixer un moment, les joues légèrement rosies, avant de répondre :

— Ce n'était pas une corvée, tu sais. Comment… se déroulent les choses ?

Aleksy apprécia une fois de plus la délicatesse de Claire qui la plupart du temps se contentait de la réponse évasive qu'il ne manqua pas de lui faire :

— Bien.

Il éprouva un violent désir de se pencher vers elle pour écarter ses cheveux et l'embrasser. Il ne l'avait plus touchée depuis le soir où il avait failli lui faire l'amour dans le salon, comprenant par la suite qu'il s'était laissé emporter par ses émotions. Blessé tout d'abord par la réaction initiale de Claire, puis furieux après sa dernière remarque, il avait ensuite ressenti le besoin de faire abstraction de tout tandis qu'il essayait de panser ses blessures anciennes.

A présent, il se sentait redevable vis-à-vis d'elle, la seule personne avec laquelle il désirait être et à qui il avait envie de faire l'amour tendrement.

— Tu n'es pas obligé de m'en parler, précisa-t-elle en attrapant une graine de sésame avec le bout de son doigt, avant de la déposer sur sa langue.

La voix de Claire le ramena à la réalité, mais il ne put détacher les yeux de ses lèvres et de l'innocente sensualité de son geste.

Se sentant observée, Claire détourna les yeux en rougissant.

En l'espace de quelques instants il se convainquit qu'elle attendait qu'il fasse le premier pas. Elle était là, n'est-ce pas ? Mais il ne lui avait pas laissé le choix, jamais, elle le lui avait d'ailleurs fait remarquer. Serait-elle un jour devenue sa maîtresse s'il ne lui avait pas mis un tel marché en main ?

La confiance en lui, qui revenait petit à petit après cette terrible semaine, bascula soudain. Il songea aux moyens de la reconquérir mais, n'en trouvant aucun, se passa une main dans les cheveux avant de répondre :

— Aujourd'hui était encore pire que les autres jours mais c'en est fini à présent. Je pense que le résultat n'est pas aussi mauvais que je pouvais le craindre.

D'une certaine façon, il s'était préparé à ce que la police vienne frapper à sa porte pour l'emmener une fois encore menottes aux poignets. Mais tout cela faisait désormais partie du passé.

L'expression de Claire se radoucit.

— Tu pensais qu'on allait t'accuser ou te calomnier. C'était compter sans deux décennies pendant lesquelles tu t'es comporté en homme d'honneur.

Aleksy ne savait plus que faire. Claire s'évertuait à voir en lui un homme bon et honorable alors qu'il était persuadé d'être mauvais. Son besoin de repentir le poussait à être le plus honnête possible, mais cela ne l'avait pourtant pas empêché de se conduire comme un goujat avec elle ! Et à présent il était assis en face d'elle en train d'essayer de trouver un moyen de la convaincre de revenir dans son lit !

La honte lui fit baisser les yeux.

— Tu me surestimes.

— Ce n'est pas vrai. Tu es un homme bon, Aleksy, et tu mérites d'être heureux. En pensant le contraire, tu donnes raison à Victor.

Elle était sincère, mais folle de vouloir faire de lui quelqu'un d'admirable.

Il avait dû faire une moue sceptique car Claire lança alors :

— Je ne cherche pas à te persuader de faire quoi que ce soit, et surtout pas avec moi. Je veux juste dire qu'un jour tu trouveras une relation importante pour toi et qu'il ne faudra pas la gâcher sous prétexte que tu penses ne pas la mériter.

Les paroles de Claire résonnaient encore dans la tête d'Aleksy : « Surtout pas avec moi. »

— Et toi ? Tu mérites d'être heureuse aussi.

— Oui, acquiesça-t-elle en baissant la tête. J'y ai beaucoup pensé depuis que je suis ici.

Une sensation d'angoisse s'empara alors d'Aleksy. Il savait, peut-être même l'avait-il deviné depuis le début, que Claire était pure mais il lui avait pourtant volé sa virginité. Il était sincère en lui affirmant qu'elle méritait d'être heureuse. Mais il était désespéré de ne pouvoir être celui qui lui ferait connaître le bonheur.

Il allait en payer le prix fort mais, pour une fois, il allait agir selon le code d'honneur qu'elle lui prêtait.

Claire fit un effort surhumain pour garder sa contenance tandis qu'elle perdait tout espoir en voyant Aleksy rester de marbre. Pour ne pas lui montrer à quel point elle était affectée, elle adopta un ton insouciant.

— Je n'ai pas menti en affirmant ne pas vouloir de relation permanente.

Elle posa sa fourchette et croisa les mains sur ses genoux, consciente qu'Aleksy l'écoutait avec attention.

— Lorsque j'étais enfant je rêvais d'être adoptée par une famille. Au fil des ans, voyant que cela ne se produisait pas, et sans doute pour me protéger, j'ai réussi à me persuader qu'avoir une famille était la dernière chose que je voulais.

Bien qu'une petite voix intérieure lui souffle que cela était inutile, Claire utilisa alors sa dernière carte.

— Le fait d'avoir vécu dans cette maison et de penser à l'amour qui unissait tes parents et à celui qu'éprouvaient aussi les miens m'a fait réaliser que je voulais avoir une famille. Ma propre famille, cette fois…

Claire entrelaça nerveusement ses doigts moites, cachés sous la table, ses ongles s'incrustant dans sa peau, pour éviter de montrer à Aleksy qu'elle n'attendait qu'un signe de lui, un mot lui prouvant qu'il désirait la même chose. Avec elle…

— Je comprends, dit-il en s'appuyant contre le dossier de sa chaise. Je savais que tu n'étais pas le genre de femme à devenir une maîtresse… Et c'est un compliment, se hâta-t-il de rajouter en la voyant se lever.

Elle entreprit de desservir les plats qu'ils n'avaient pas touchés.

— Tu as raison, dit-elle en empilant la vaisselle, je ne suis pas faite pour cela.

Elle était déterminée à ne pas lui laisser voir qu'elle était anéantie car cela ne ferait que compliquer la situation.

— Lorsque nous nous sommes rencontrés j'avais peur de toute espèce de relation. Terrifiée à l'idée qu'on me fasse mal, je n'avais jamais laissé quiconque m'approcher. A présent, je sais qu'on peut se sentir proche de quelqu'un sans pour autant souffrir. Physiquement proche, je veux dire. C'est une bonne leçon pour l'avenir…

Elle s'interrompit, troublée par le regard noir d'Aleksy. Etait-il jaloux ?

D'un léger mouvement de la tête, elle laissa ses cheveux retomber sur son visage, masquant à la fois sa confusion, son désir et son insécurité puis, prenant une profonde inspiration, elle s'obligea à relever le menton.

— Ce n'est pas demain la veille que je vais tomber amoureuse mais…

Le courage lui faisant soudain défaut, sa voix se cassa.

— Je suis désolée de ne pas être…

Sa gorge se noua. « La femme de tes rêves. »

— Je vais préparer ma valise.

Reposant les plats d'un geste brusque, elle quitta la pièce.

15.

Si le goût d'Aleksy pour le travail s'était déjà atténué lorsque Claire était là, il s'évapora après son départ. Il avait tenté de s'imposer de nouveaux défis afin de surmonter son mal-être, en vain. L'accord que conclut son conseiller juridique avec un syndicat, dans le but de redresser une entreprise, ainsi que la correction du marché boursier entraînant la dévalorisation de ses titres le laissèrent indifférent. Son seul souci fut de savoir si cela avait affecté ou pas le portefeuille qu'il avait constitué pour Claire.

Aleksy n'avait jamais éprouvé un tel sentiment de vide. Désir, culpabilité ou soif de revanche l'avaient toujours motivé face aux nombreux défis auxquels il avait été confronté, mais, à présent, il n'avait plus de but dans la vie. La seule chose qui avait du sens à ses yeux avait disparu.

Il continuait néanmoins de se dire qu'il avait pris la bonne décision. Claire méritait d'être aimée. Lui, au moins, avait connu l'amour à une époque de sa vie, même s'il avait ensuite ignoré le besoin qu'il en avait, déterminé à venger la mort de ses parents. Claire n'avait pas eu cette chance et si elle pouvait rencontrer un homme capable de ressentir pour elle ne serait-ce que la moitié de ce que lui éprouvait…

Cette pensée traversa son esprit tel un éclair.

Il était amoureux de Claire, à tel point qu'il aurait été capable de la protéger au péril de sa vie.

Une révélation s'imposa alors à lui : c'était ce que son père avait fait. Il était intervenu dans la bagarre par amour pour lui, pour le protéger.

Aucun homme ne pourrait jamais aimer Claire autant que lui.

Est-ce que cela le rendait digne d'elle ? Non, mais en comprenant qu'il ne lui avait même pas avoué à quel point il la chérissait, il se sentit méprisable.

Son « Surtout pas avec moi » continuait de résonner dans sa tête. Peut-être aurait-elle réagi différemment si elle avait su la place qu'elle occupait dans son cœur. Cela l'aurait au moins aidée à prendre conscience de sa propre valeur, lui évitant à l'avenir toute relation dénuée d'amour sincère.

Tirée de son apathie pour la première fois depuis des semaines, il se mit en quête de ses nouvelles coordonnées.

Pour apprendre très vite qu'elle avait disparu.

Claire encadra une date dans son agenda, satisfaite du nombre de réponses positives à son invitation.

Tout finissait par s'arranger. Un ancien vestiaire de l'orphelinat avait été débarrassé afin de lui servir de bureau, et l'un des cuisiniers lui avait proposé d'utiliser la maison de sa mère pendant que celle-ci rendait visite à des amis en Australie. En échange, elle s'occupait du chat et payait les charges. Ne recevant aucun salaire de Brighter Days, elle s'était présentée chez un notaire du village pour un poste de clerc. Il ne s'agissait que d'un remplacement pendant un congé maternité mais cela lui permettrait de s'en sortir en attendant mieux.

A défaut d'être heureuse, elle avait réussi à retrouver

une certaine sérénité et à se sentir récompensée de ses efforts, même s'il ne se passait pas un jour sans qu'elle revive en pensée la scène d'adieu avec Aleksy. Il l'avait accompagnée en voiture jusqu'à Saint-Pétersbourg sans presque lui adresser la parole et l'avait fait monter ensuite à bord de son jet privé.

Lazlo l'avait accueillie à Londres, puis conduite dans un appartement situé dans l'une des résidences les plus huppées de la capitale, où ses cartons avaient été livrés. Elle n'avait pas osé lui demander si Aleksy en était le propriétaire.

Décidée à ne pas rester une seule nuit dans cet endroit, Claire avait attendu que Lazlo tourne le dos pour remettre ses affaires au garde-meubles, à ses frais cette fois, et détruire les cartes de crédit qui étaient à son nom mais dont elle ne devait pas recevoir les factures. Ne voulant pas s'abaisser à accepter l'un des trois postes qu'Aleksy lui avait réservés, elle avait pris le premier train. C'était là une rupture nette et totale.

Laissant échapper un soupir, elle consulta son agenda pour vérifier l'heure de son rendez-vous prévu le lendemain avec un art-thérapeute. Rentrer dans une maison où elle avait pour seule compagnie un chat lui pesait mais, plutôt que de se morfondre, elle avait pris l'habitude d'inviter des bénévoles du centre et avait réussi à se faire des amis. Le fait de se sentir appréciée lui avait redonné confiance en elle. Elle n'était plus une orpheline maladroite mais une jeune femme indépendante comme les autres.

Elle attrapa sa veste accrochée au portemanteau. En l'enfilant elle fit passer ses cheveux par-dessus le col avec la vague idée de les faire bientôt couper puis, jetant un coup d'œil par la fenêtre, elle remarqua une belle voiture garée dans la cour. Son cœur fit un léger bond : ses pensées revenaient une fois de plus vers une certaine personne qu'elle n'arrivait pas à oublier. Il devait s'agir de la dernière acquisition de l'administratrice de l'école…

En entendant un bruit de pas dans le couloir, Claire demanda en tournant la tête :

— C'est toi, Geri ? J'allais justement te proposer de venir…

Pétrifiée, elle aperçut Aleksy Dmitriev sur le seuil de la pièce.

— Qui est Geri ? Un de tes collègues ?

En entendant cette voix à l'accent traînant, Claire s'appuya contre le rebord de la fenêtre, derrière elle.

— Géraldine est l'une des éducatrices. Que fais-tu ici ?

— Tu as disparu de la surface de la terre, Claire, répondit-il en pénétrant dans la pièce. Qu'est-ce qui t'a pris ?

Encore sous le choc, Claire prit un moment avant de répondre.

— Je n'ai pas cherché à fuir, je suis venue ici pour m'occuper de la fondation, où est le problème ?

Elle n'appréciait pas de devoir se justifier alors qu'il l'avait rejetée, mais ne pouvait s'empêcher de le regarder du coin de l'œil et de le trouver très séduisant avec son costume à la coupe parfaite et ses cheveux coiffés en arrière, dégageant son beau visage anguleux. Elle aurait voulu le défier et le traiter avec dédain, mais en réalité son cœur battait la chamade, et son corps entier réagissait à sa présence.

— Tu aurais pu dire que tu n'avais pas envie de rester à Londres.

— A qui, à Lazlo ? Je n'ai pas de comptes à lui rendre, et il en sait déjà suffisamment sur moi.

— A *moi*.

Voyant Aleksy desserrer le nœud de sa cravate et se passer une main dans les cheveux, Claire pensa que son agitation était peut-être due à…

Elle secoua légèrement la tête, décidée à ne plus se faire d'illusions. Elle s'était déjà laissé prendre au piège une fois et ne s'en était pas encore remise. Elle n'en voulait pas à Aleksy de lui avoir fait mal mais n'était pas disposée à le laisser recommencer.

— Nous ne sommes plus ensemble, assena-t-elle d'une voix la plus ferme possible.

D'un geste de la main, elle lui fit signe de fermer la porte.

Il s'exécuta et, lorsqu'il posa de nouveau ses yeux couleur bronze sur elle, elle lança non sans animosité :

— Au cas où tu l'aurais déjà oublié tu m'as congédiée en me donnant une « indemnisation » ! Je te remercie, mais c'était humiliant.

Aleksy s'appuya contre la porte, les dents serrées.

— J'avais promis de le faire.

— Ce n'était pas nécessaire.

Claire croisa les bras devant elle, incapable de le regarder dans les yeux tandis qu'elle revivait l'affront d'avoir été payée pour ses faveurs sexuelles.

— Tu aurais pu au moins m'envoyer un e-mail, me dire où tu allais au lieu de disparaître dans la nature.

Interloquée, Claire répliqua du tac au tac :

— Tu n'as pas reçu ma réponse au tien ?

— Je ne t'en ai pas envoyé.

Claire haussa les sourcils en attendant qu'il comprenne.

Laissant échapper un juron, il se passa de nouveau la main dans les cheveux.

— Pourquoi es-tu là, Aleksy ? répéta Claire, le corps tendu et les mains moites.

Elle avait réussi tant bien que mal à surmonter la séparation et à aller de l'avant, mais savait que cette confrontation ne manquerait pas de la déstabiliser et de la faire de nouveau pleurer.

— Je te cherchais, répondit-il avec impatience,

comme si cela semblait évident. Ne sachant plus à qui m'adresser, je suis venu ici pour demander s'ils avaient tes coordonnées, et lorsqu'on m'a répondu que tu étais au fond du couloir j'ai failli avoir une attaque.

— Tu aurais pu téléphoner, ou confier cette mission à Lazlo. Il est tout à fait capable de m'avoir collé un système de localisation derrière l'oreille sans que je m'en rende compte !

— Je me faisais du souci, admit-il. Tu ne peux pas disparaître ainsi, Claire ! Tu sais que j'ai perdu des personnes que j'aimais et que cette peine ne s'efface jamais. J'éprouvais la même sensation en ignorant où tu étais et si tu étais en sécurité.

La colère de Claire disparut comme par magie. Comme les battements de son cœur s'accéléraient, elle se rappela qu'Aleksy avait un instinct protecteur et un sens des responsabilités très développés, et ce pas seulement avec elle.

— Aleksy, c'est l'endroit où j'ai grandi, dit-elle en signalant le plafond où, deux étages plus haut, elle avait partagé pendant des années un dortoir avec d'autres filles. Mon voisin est le chef de la police. Le chauffeur de bus m'appelle par mon prénom, et sa femme me vend des œufs toutes les semaines. Je ne vois pas d'endroit où je pourrais me sentir plus en sécurité.

Comme Aleksy l'écoutait, elle admira son profil parfait mais au moment où il se tourna de nouveau vers elle, elle éprouva une espèce de soulagement en voyant sa cicatrice qui le rendait plus humain et accessible.

Elle le vit ouvrir la bouche, puis se raviser, et le long silence qui suivit lui mit les nerfs à vif.

— Tu es heureuse alors ? demanda-t-il enfin.

Claire serra son manteau contre elle tout en haussant les épaules.

— J'ai un peu l'impression d'être rentrée à la maison, même si…

Elle fronça les sourcils, essayant de trouver les mots justes.

— Je me sens bien car je sais que je peux changer la vie des enfants ici, mais cet endroit me rend encore triste. J'aimerais… J'aimerais leur trouver à tous une famille.

Claire sentit une boule se former dans sa gorge en voyant Aleksy acquiescer d'un air compatissant.

— Je n'ai pas l'habitude de rendre de comptes à quiconque, tu le sais, mais j'aurais au moins dû dire à Lazlo de ne pas payer le loyer alors que je n'occupais pas l'appartement. Je suis désolée.

— L'argent n'est pas important, répliqua Aleksy sans la quitter des yeux.

Claire se demanda pourquoi il restait, à présent qu'il avait accompli sa mission, sachant que plus il s'attarderait plus elle se sentirait vulnérable. Elle avait tellement envie de le toucher, de sentir son corps contre le sien…

Aleksy prit une profonde inspiration avant de lui poser soudain une question déroutante :

— Vois-tu quelqu'un ?

— Un homme ? Bien sûr que non !

— Pourquoi cette réponse ?

— Parce que…

Claire sentit son cœur se serrer et préféra se tourner vers la fenêtre afin de cacher sa peine, incapable de poursuivre.

— C'était ce que tu voulais.

— Oui, mais je ne me sens pas encore prête, et puis mon travail passe avant tout en ce moment…

Elle ne pouvait pas admettre qu'elle était incapable de l'oublier !

Voyant qu'il ne disait rien, elle trouva le courage de se retourner et l'aperçut qui la dévorait des yeux.

Surprise qu'il semble encore la désirer, elle se mit à trembler.

— Arrête, Aleksy, murmura-t-elle d'une voix suppliante.

— Oh ! je sais ! « Surtout pas avec moi. »

Etonnée par sa réaction qu'elle n'était pas certaine d'avoir comprise, Claire tenta de s'expliquer.

— Aleksy, dit-elle, savourant son prénom comme du miel sur sa langue, je pensais que tu avais compris... J'aimerais tant pouvoir te convaincre que tu mérites d'être heureux. Pourquoi dis-tu : « Surtout pas avec moi » ?

— C'est toi qui l'as dit.

— Quand ?

— Le dernier jour dans la cuisine, précisa-t-il d'une voix rauque. Tu m'as conseillé de chercher le grand amour, mais surtout pas avec toi.

— Comment aurais-je pu dire autre chose, alors que Lazlo venait de m'apprendre que tu me congédiais ? se défendit-elle, surprise d'entendre sa voix se briser à ce souvenir encore vivace.

Ce fut au tour d'Aleksy de la regarder avec incrédulité.

— Tu avais eu Lazlo au téléphone ce matin-là ?

— Il m'a appelée pour me dire que tu avais l'intention de nier auprès des médias toute relation entre nous, expliqua-t-elle, sentant ses yeux se remplir de larmes.

— Claire, j'ai fait tout mon possible pour te protéger et te laisser aller de l'avant. Tu sais comment je me sentais.

— Non, je n'en ai aucune idée ! Tu ne m'as presque rien dit, et tu n'as jamais cherché de réconfort auprès de moi ou de... J'avais l'impression d'être invisible !

Elle attrapa un mouchoir en papier d'une main tremblante, mortifiée de s'effondrer devant lui.

— Je t'aurais écouté, poursuivit-elle, car j'essayais d'être là pour toi…

— Je sais.

Claire l'aperçut soudain devant elle, bien trop près, et sentit ses grandes mains chaudes s'emparer des siennes.

— Et tu ne peux pas imaginer à quel point ta présence était importante pour moi. Tu étais mon seul rayon de soleil. Ne pleure pas, je ne supporte pas de te voir triste à cause de moi.

Enivrée par le parfum d'Aleksy, sa chaleur et la force qu'il dégageait, Claire se mit à trembler de plus belle et repoussa la main qui tentait d'essuyer ses larmes.

— Laisse-moi.

— Non, je voulais tout faire pour te protéger, y compris de moi.

— Est-ce la raison pour laquelle tu m'as renvoyée à Londres ?

— C'est toi qui voulais partir, Claire. Je t'avais déjà imposé une relation que tu ne désirais pas, je ne pouvais pas te demander de rester.

— Tu ne m'as rien imposé.

— Si, dit-il en reculant d'un pas. Je me suis comporté comme un goujat en te faisant du chantage.

— Tu es trop dur avec toi-même. J'aurais pu appeler la police si j'avais voulu. Je ne serais jamais partie avec toi si je n'en avais pas eu envie.

— Tu es vraiment naïve, fit-il remarquer avec dans le regard une lueur sauvage qui affola le pouls de Claire. Avais-tu envie de partir lorsque tu as quitté la datcha ?

Frissonnant des pieds à la tête, Claire serra le mouchoir dans ses mains jusqu'à ce que ses jointures deviennent blanches.

— Je t'en supplie, ne me demande pas de redevenir ta maîtresse, réussit-elle à dire.

— Ce n'est pas mon intention.

Claire sentit de nouveau les larmes lui monter aux yeux. Elle n'aurait jamais dû lui dire cela.

— Ne pleure pas, la supplia Aleksy en la prenant dans ses bras puissants. Laisse-moi t'expliquer.

Le mouvement de ses lèvres contre son front la calma plus que ses paroles, lui rappelant la tendresse avec laquelle il la caressait. Claire sentit le désir brûler entre ses cuisses.

— Lorsque tu es arrivée dans ma vie, je ne pouvais offrir à une femme que plaisir et cadeaux, et j'ai fait de toi ma maîtresse, bien que tu sois la dernière personne avec qui j'aurais dû me comporter de la sorte. Je n'étais alors qu'un robot programmé pour se venger. Je n'ai même pas compris pourquoi je voulais te faire mienne, je l'ai fait, c'est tout.

— Il s'agissait d'un désir purement physique. Je comprends. C'était la même chose pour moi.

Elle essaya de se dégager.

— Non ! Ce n'était pas cela. Tu étais comme un rayon de soleil après un hiver sans fin. J'étais amer, insensible et soudain j'ai commencé à revivre, à éprouver des sentiments. Sais-tu à quel point on souffre lorsqu'ils refont surface ?

Les mains d'Aleksy glissèrent dans ses cheveux et se posèrent sur sa nuque.

— Oh ! Aleksy, murmura-t-elle, désolée d'apprendre comme il avait souffert.

S'écartant légèrement, elle approcha ses doigts de la joue portant la cicatrice. Sentant les muscles d'Aleksy se raidir sous sa caresse, elle allait retirer sa main lorsqu'il la prit, y déposa un baiser et la reposa sur sa joue.

— Es-tu vraiment capable d'accepter ce que cette cicatrice veut dire ? demanda-t-il, semblant tiraillé entre espoir et crainte.

— Elle signifie que tu es un homme capable de se

battre pour protéger les gens qu'il aime. Il n'y a pas de quoi en avoir honte.

— C'est pour cette raison que je suis venu : pour te dire que je serais prêt à donner ma vie pour te protéger.

D'un geste possessif, Aleksy posa les mains sur les épaules de Claire qui, les yeux noyés de larmes, retint son souffle.

— Peux-tu imaginer ce que j'ai ressenti en me rendant compte que tu méritais le plus grand des bonheurs alors que j'étais convaincu d'être le dernier à pouvoir te l'offrir ? Si tu étais restée, j'aurais été l'homme le plus heureux de la terre.

Un espoir fou s'empara du cœur de Claire, mais un léger doute l'empêchait encore d'y croire.

— Comment aurais-je pu rester alors que tu ne semblais même pas me d…

Son menton se mit à trembler, et elle se mordit la lèvre inférieure.

Aleksy resserra son étreinte et murmura :

— Je te désire, Claire. Bien sûr que je te désire, mais je t'aime surtout de tout mon cœur.

Claire frissonna en entendant ces mots et en ressentant l'amour l'envelopper tandis qu'Aleksy la serrait dans ses bras et déposait de tendres baisers sur ses joues humides. Elle prit alors sa tête entre ses mains et sentit son cœur près d'exploser lorsque leurs bouches s'unirent enfin.

La soulevant, Aleksy l'assit sur le bureau sans se soucier des dossiers qui glissèrent par terre puis, posant son front tout contre le sien, lui dit :

— J'espère que tu n'es pas en train de t'emballer parce que je suis le premier à t'avoir fait une déclaration d'amour. Je ne me sens pas assez fort pour te perdre encore une fois, Claire. Un homme comme moi aime pour la vie.

« Pour la vie. » Claire caressa les lèvres d'Aleksy d'un doigt tremblant.

— Le fait de ne jamais avoir eu de relation sexuelle avant toi ne veut pas dire que je ne savais pas ce que c'était ou que je n'avais pas envie d'en faire l'expérience. C'est la même chose avec l'amour. Je n'ai pas besoin de comparer avec d'autres hommes pour être sûre que ce que je ressens pour toi est profond.

— Parfait, car je n'ai pas l'intention de te laisser essayer, même avec un seul !

Il souleva doucement le menton de Claire et plongea son regard tendre dans le sien.

— Est-ce la timidité qui t'empêche de me le dire ?

Claire sourit, étonnée de prononcer aussi facilement ces mots :

— Je t'aime.

Leurs bouches s'unirent de nouveau en un baiser torride qui aurait pu dégénérer si Claire ne l'avait, bien à contrecœur, interrompu :

— Aleksy nous sommes dans mon bureau, dans un foyer où se trouvent des enfants. Nous devons nous organiser pour nous voir ailleurs.

— Dois-tu rester ici ou serais-tu d'accord pour mener ton projet à terme depuis la Russie ? Je te promets que tu pourras revenir ici chaque fois que cela sera nécessaire.

Claire était sur un petit nuage à l'idée de le suivre, émue aussi qu'il comprenne et soutienne son engagement.

— Merci, tu sais à quel point la fondation est importante pour moi.

La moue ironique d'Aleksy la fit sourire.

— Je n'ai pas fait l'amour avec toi seulement pour la fondation, ajouta-t-elle en plaisantant.

— Si tu le dis ! répondit-il sur le même ton. Mais à présent tu vas m'épouser uniquement parce que tu le veux.

Cet homme faisait preuve d'une confiance en lui

incroyable ! Il ne lui avait même pas posé la question, c'était un fait acquis ! Le sourire de Claire s'élargit.

— Bien sûr que je le veux, mais de toute façon je n'ai pas le choix : la virginité d'une femme appartient à son mari, n'est-ce pas ?

Aleksy ne trouva rien à y redire et se contenta de lui rendre un sourire pleinement satisfait.

— Absolument. Mais tu ne m'as pas manqué juste dans mon lit, ajouta-t-il avec sincérité. Ma vie était vide sans toi.

Avec une profonde tendresse, il lui redemanda :

— Claire, veux-tu rentrer à la maison avec moi ? Devenir ma femme et fonder une famille ?

Claire était si émue de voir son rêve devenir réalité qu'elle ne put répondre.

Lui soulevant alors doucement le menton, Aleksy vit son regard azuré briller d'une joie intense.

— J'ai toujours rêvé que quelqu'un vienne ici pour me dire cela, réussit-elle à expliquer. J'ai bien fait d'attendre.

Aleksy sentit son cœur près d'exploser. Posant ses lèvres sur celles, tremblantes, de Claire, il la serra contre sa large poitrine :

— Tu n'as plus besoin d'attendre maintenant. Je suis là.

RD

Composé et édité par HARLEQUIN

Achevé d'imprimer en octobre 2015

CPi
BLACK PRINT

Barcelone

Dépôt légal : novembre 2015

Pour l'éditeur, le principe est d'utiliser des papiers composés de fibres naturelles, renouvelables, recyclables, et fabriquées à partir de bois issus de forêts qui adoptent un système d'aménagement durable. En outre, l'éditeur attend de ses fournisseurs de papier qu'ils s'inscrivent dans une démarche de certification environnementale reconnue.

Imprimé en Espagne